本书为

浙江大学宁波理工学院商学院"一化三型"创新创业人才培养工程教学成果

丛书编委会

主　编　肖　文
副主编　樊丽淑　林承亮
编　委（按姓氏拼音为序）
　　　　陈　恩　丁　宁　董新平　冯　艳　傅晓宇　郝立亚　洪　青
　　　　姜丽花　李成刚　李荷迪　李雪艳　林建英　刘　彬　刘冬林
　　　　刘吉斌　刘　平　娄赤刚　马　翔　潘冬青　覃美英　邵金菊
　　　　孙伍琴　滕　帆　王传宝　王　培　吴新林　肖　玮　谢京华
　　　　许为民　张　炯　张　腾　周春华　朱孟进

高校"创新创业"人才培养践行记

主 编 肖 文

盛夏·流年·收获
——宝岛台湾游学记

樊丽淑　傅晓宇　林建英
陈　恩　宋汉文　程亚亭　编

ZHEJIANG UNIVERSITY PRESS
浙江大学出版社

序

创新创业是深化高等教育教学改革、培养学生创新精神和实践能力的重要途径,亦是践行"大众创业、万众创新"来促进高校毕业生充分就业的重要措施。大学生更好地创新创业,关键是要具有创新创业的知识、能力、智慧和本领,核心是要具有独立思考能力、创新创业能力、社会担当能力和协作精神。为此,浙江大学宁波理工学院商学院始终把创新创业教育贯穿于人才培养的全过程、渗透到教育教学的各环节,促进人才培养模式创新,加快培养更多知识、能力、素质协调发展,富有创新精神,勇于投身实践的创新创业人才。2013年,我院以实践创新为基本依托,制定了学院创新创业教育改革实施方案,全面开启了"一化三型"创新创业人才培养工程,即"应用型、复合型、创新型和国际化",初步建成了有机融合、联动高效的创新创业教育工作机制,形成了配套完备的运行制度体系,打造了一批创新创业教改项目和重点实践项目,使创新创业教育理念真正融入人才培养全过程,从而更有力地接受社会赋予的使命。该工程以课堂教学为基础,拓宽学生理论视野;以学科竞赛为抓手,促进学生团队协作;以暑期实习为支点,提高学生实践能力;以境外游学为载体,丰富学生人生阅历,拓展学生国际视野,培养学生国际化、多元化的文化理念和思维习惯。通过"践行悟道",力争培养"品德高尚、知识广博、专业精深、知行合一"、具有国际视野的创新创业优秀人才。

实践是认识的来源和发展的不竭动力,商学院各专业通过实践教学体现创新创业教育,形成了专业实习与实践、境外深造与游学、职场翱翔与创业三个层面的实践教学创新成果。这是商学院教书育人的"品牌活动",亦是学院教学实践改革的有益探索。本丛书记载了"一化三型"创新创业人才培养工程的主要成果，记载了商学院各专业学生在学习、工作和创业方面的感悟、体会等，从学生的"悟道"体现实践教育的重要意义。

"十年树木，百年树人"，人才培养是立校之根本。"一化三型"创新创业人才培养工程紧跟当前经济发展形势，从需求和供给两方面出发；把握当前创新创业人才需求，改革人才培养供给体制；以课堂教学为基础，以实践教学为抓手，培养学生创新创业能力。从工程实施效果来看，有四点经验值得肯定。

第一，重视实践教育，专业建设"特色更特"。专业建设不仅需要校内课堂，也需要社会课堂，只有两者结合才能使得学生具有全局意识。"纸上得来终觉浅，绝知此事要躬行"。学院加强课堂教学与社会实践对接，以暑期社会实践、企业认知实习等为"助攻"，积极鼓励学生"走出去"，参加社会实践等活动，培养学生实践动手、团队合作等能力；加快将企业"引进来"，让更多的企业能够融入课堂，为课堂教学提供实践场所。

第二，组织学科竞赛，品牌活动"亮点更亮"。电子商务等专业通过"调研、竞赛、创业"三驾马车，来打造专业实践教学改革、实践能力塑造、实践人才培养的教学体系。在此过程中，学科竞赛起到承上启下的桥梁作用，既能使学生将课堂所学应用于实践，又能为其将来的职业发展提供新的想法、打下扎实基础。所以，在实践教学体系构建过程中，应当充分关注"挑战杯""电子商务大赛""职业规划大赛"等特色活动，打响系列竞赛活动品牌。

第三，鼓励学生创业，人才培养"优势更优"。电子商务等专业紧跟当前经济形势下的人才需求，积极调动学生创业兴趣，以更好地满足市场对人才的需求。人才培养应当把握当前人才需求现状，尤其注重现阶段紧缺的创新型、创业型人才的培养。学院通过开设创业指导课程，帮助学生联系相关机构，为学生创业提供咨询服务，激发学生的创业热情和自信，使得专业人才培养优势更为明显。

第四，突出"两化"融合，国际视野"广度更广"。"一化三型"创新创业教育应当突出特色化与国际化相融合的特点，培育具有国际视野的未来领导者、创新者。学院通过推动建设境外交流平台，鼓励学生"放眼看世界"。通过游与学相结合，增学识、长见识、开眼界，与原本的教学形成互补，使学生自觉加强国际意识，主动参加国际化学习活动，不断增强自身国际竞争能力，促使学院创新创业教育的国际化水平"提速增效"。

肖 文

2017 年 3 月 15 日

前　言

　　读万卷书，行万里路，知世情民意，掌科学方法——2014 年暑期，在学校的积极筹备与努力以及宁波市台办、校外事处的大力支持下，来自商学院各年级、专业的 18 名在读学生，由教务办林建英、学工办宋汉文两位老师带队，赴台北大学商学院参加了为期三周的"当代金融理论与实务研习营"游学活动。本次活动集游、学、企业参观为一体，通过专题讲座、实务演练以及深度参访等多层次、多维度的系列研习活动，为赴台师生提供了一次认识台湾、开阔视野、提升专业知识厚度的"人文素养—专业学习—生活体验"三位一体之旅。活动取得圆满成功且受到学校、学院、师生的好评。

海边合影

　　2015年,应同学们的要求,在学校的积极筹备与努力以及宁波市台办、校外事处的再次大力支持下,商学院第二批赴台北大学商学院暑期研习交流团顺利成行,共有20名在读学生报名参与,由学工办程亚亭、综合事务办陈恩两位老师带队。此次交流团也取得了较好成果。

　　本书收录了部分赴台学生台湾游学之行的点点滴滴,记录了他们的感悟、收获与成长。"纸上得来终觉浅""在行走中学习""且行且思考""有一种记忆难以忘怀"……相信这段经历一定会对他们今后的人生产生重要的影响。

目　录

上　篇　2014 年之夏

下　篇　2015 年之夏

上 篇

2014年之夏

浙江大学宁波理工学院商学院赴台北大学商学院参加暑期"当代金融理论与实务研习营"

宋汉文　林建英

　　2014 年 7 月 15 日至 8 月 5 日,在宁波市台办、校外事处以及学院领导的积极筹备与努力下,应台湾台北大学邀请,来自浙江大学宁波理工学院商学院各年级、专业的 18 名在读学生,由教务办林建英、学工办宋汉文两位老师带队,赴台北大学商学院参加为期三周的"当代金融理论与实务研习营",取得预期成果并顺利返校。

我院代表与台北大学商学院院长蔡建雄教授等合影

台北大学商学院为本次学习交流做了悉心细致的准备，不仅安排了丰富的经济学相关理论课程，还协调台湾金融证券业的翘楚单位让我院一行师生进行实地参访与交流。与此同时，台北大学还专门安排了华山1914文化创意产业园区（以下简称华山文创园区）、莺歌陶瓷博物馆游览等活动，让我们感受和观察台湾创意文化与传统文化市场化经营的发展状况。本次活动是我院师生首次赴台开展暑期专业学习与交流活动。专题讲座、实务演练以及深度参访等多层次、多维度的系列研习活动，为我院赴台师生提供了一次认识台湾、开阔视野、提升专业知识厚度的"人文素养—专业学习—生活体验"三位一体之旅。

金融理论与实务课程

当代金融理论与实务的系列课程，内容新颖，同时与实务挂钩，颇具感染力和互动性，深受同学们的欢迎。授课教授风趣幽默，并且善于运用行业实例进行教学，言简意赅，贴近实际，让同学们在轻松听懂的同时又能掌握知识与技能。

1. 台湾中华理财教育协会理事/教育训练执行长、特许财务规划师（FChFP）卓必靖教授的"期权策略'天龙八部'"课程。该课程详尽地介绍了单/复式策略的灵活应用与风险管控。期权是一种买卖双方约定的合约，分为涨权（call，看涨）和跌权（put，看跌）两类。通过学习期权的杠杆操作及损失有限的特性，可以尽可能规避持股的风险。卓教授以其渊博的期权知识和任职某期权公司经理的实战经验为同学们带来了金融期权方面的新鲜知识。

2. 台北大学商学院涂登才教授的"Introduction of Structured Interest Rate Products"（结构化利率产品导论）课程。涂教授在台湾金融业成绩斐然，同时也是本次研习营台北大学方面的负责人。在这门课中，同学们深刻了解了金融海啸与未来理财产业发展的趋势。涂老师还教授给学生们一些实用的理财规划概念，如：保本前先保值，不能把所有资产都存为定期存款（黄金铁律：资产配置）；节流、开源一起管理；培养记账的习惯；慎选理财工具；养成定期定额投资的习惯等。该课程既让同学们了解到了世界金融发展的前沿，又为大学生理财提供了锦囊妙计。

3. 国泰人寿保险股份有限公司林纬苏老师的"'肥咖（FATCA）'与'肥爸（FBAR）'"课程。课程新颖前卫，授课内容亦是其最新研究成果。经此课程，

我院师生与台北大学国际企业研究所所长萧荣烈教授、涂登才博士等合影

我们一行人了解到"肥咖"是美国 2014 年 7 月 1 日开始实施的法案,是美国国内的税务法案,要求美国以外的金融机构遵从有关调查程序,把相关的信息交给美国国税局,是与追查海外资产相关的一项重要规定。课程知识让同学们大开眼界,培养了他们学习金融学相关知识的强烈兴趣。

4. 台湾工业技术研究院产业经济与趋势研究中心(以下简称工研院产经中心)总监陈梧桐博士的"落实价值创造:从市场导向开始"课程。陈教授全面地阐述了创意迈向创新的重要意义,指出创意到创业再到新产品上市需要充分考量市场,要以市场为导向而不是仅仅以技术为导向。他结合自身的索尼销售工作的实务经验,认为索尼兴与衰的原因就在于技术导向与市场导向的 PK 权衡。同时,课程认为新产品开发为价值创造利器,新企业、老牌企业均必须积极进行针对市场需要的研发,开发新产品是价值创造的重要途径。

参访交流

在这三周中,我院一行参访了日盛证券投资顾问股份有限公司(以下简称日盛公司)、中租迪和股份有限公司、台湾证券交易所、台湾期货交易所、永丰银行等台湾金融行业巨头，以及龙应台文化基金会。上述各单位热情招待了我院一行，并安排高管为同学们进行相关知识和实务的授课，悉心解答同学们的疑问。如在日盛公司参访过程中，经台北大学涂登才教授协调安排，公司总经理李秀利女士应允并热烈欢迎我院师生一行全程参与公司晨会，听取二十几位公司证券精英们分析市场情况、判断大盘趋势的汇报。他们思路清晰、言简意赅、展示的数据和图表翔实，使同学们感到非常值得学习。之后师生们还参观了其各个部门，听各部门主管讲解各自的工作流程，让同学们真实地了解了证券公司的管理运作情况。

我院一行在涂登才教授的安排下参访了台北大学三峡校区，与台北大学商学院院长蔡建雄教授洽谈了两院选派交换生学习交流、进一步推进完善暑期研习营项目以及加强两院教师互访等事宜，并初步达成一致。之后，我院一行在涂教授带领下参观了新北市莺歌陶瓷博物馆和台北市华山文创园区，传统文化与现代创意的市场化经营模式拓展了同学们的思维。

我院赴台学生在台北大学进行学术交流

文化及生活方面

在课程之外，我院师生还深入台湾生活的方方面面，参观了著名的台北故宫博物院，游览了宝岛独特的自然风光，品味了诚品书店 24 小时营业的文化时尚,品尝了台湾夜市的特色美食,等等。此行让我院师生全方位体验了台湾的风情与民俗,见证了两岸文化的交汇与融合。台湾民众热情友好、乐于助人,在同学们外出景点游玩、生活购物以及偶发迷路时给予了友善、耐心的指引,甚至因为担心同学们走错路还亲自带路。台湾民众秉持着"垃圾不落地"的观念,在台湾的大街小巷,不管是高楼林立的台北市中心,还是人潮拥挤的夜市小吃街,几乎看不到一丝垃圾的影子。同时,台湾各景点物价公开透明,无哄抬价格的现象,童叟无欺。另外,台湾民众人文素养颇高,待人友善,说话不离"谢谢";搭乘自动扶梯时行人会主动排队且一致靠右,为急于赶路的人留下方便……种种现象都给同学们留下了美好的印象。

课程结束后,台北大学商学院为参加本次研习营的师生颁发了结业证书。最后,我院代表就今后双方开展进一步合作与台北大学商学院相关负责人进行了探讨,双方一致表示未来将会进一步推进并逐步完善暑期研习营的举办,使得两院交流更加紧密和频繁,同时台北大学商学院也对我院选派优秀学生作为交换生前去学习交流表示了热烈欢迎。

为期三周的台北大学暑期"当代金融理论与实务研习营"在同学们满满的收获中结束了,我们顺利、圆满地完成了学院交给我们的任务。非常感谢学院给了我们这次开阔视野、丰富阅历、锻炼能力的机会,也很感谢18位同学的努力与配合。感谢在台北的日子里对我们关怀备至的台北大学的老师们,感谢宁波理工学院商学院院长肖文教授、党总支书记林承亮教授、党总支副书记傅晓宇老师、副院长樊丽淑教授对我们的支持与关心。谢谢你们。

暑期台湾游学之收获

鲍冰瑀　（金融 131 班）

　　快乐的日子总显得那么短暂，转眼就归期将至了。我仍记得刚到台湾下飞机时，周边的繁体字才让我知道自己已身处海峡对岸的宝岛。安静、平稳，是这个地方给我的第一印象，虽然人来人往车水马龙，但他们有自己的运行秩序，不喧嚣吵闹。三个星期说长不长，却也让我实实在在地感受到了台湾同胞的热情友善和良好的素养，这段时间无论是学习、参访，还是游玩，都让我获益匪浅。

台北松山机场——初至台湾

学专业知识散思维

我虽然是金融专业的学生,但在大一这一年还没有学习到专业知识,所以上课时就没有大二、大三的学生来得游刃有余。但这并不妨碍我从老师那里获得新知识,因为你只要顺着老师的思路认真听,如聆听一个故事一般,你也会对未接触过的东西有所了解。我知道除了高风险高收益的股票、稳定但低收益的国债等普及程度高的投资方法外,还有看涨看跌都有可能赚钱的期权。简言之,期权是一种损失有限而收益较高的投资方法,它可以进行自由组合,行情好时投资者往往只进行买方策略,若不好,可加入卖方策略形成多头价差,当然,运用它赚钱需要有扎实的理论知识和丰富的实际操作经验。其实我无法说太多,毕竟了解到的都是皮毛。我不敢说老师教授的内容我全部吸收了,但我觉得这就如同一本书的导言,给你讲解大概的背景、故事内容后,你或许会产生兴趣从而对这本书进行细读。抑或是你暂时无法读懂它,但每次看到这本书,你都会驻足凝视并且有强烈的兴趣去进一步了解它。我想这一过程中产生的兴趣对未来的学习便是最大的帮助。

卓老师上课时不忘引经据典,还结合时事政治让我了解了很多之前看不到的问题。比如提到"9·11"事件,我只知道这是造成几千人丧生、许多建筑物毁坏的恐怖袭击,但却不知道为了有足够资金,恐怖分子进行了大量的期权购买。事件发生的前五天,有人分别购买了 3150 股美航、27294 股波音公司的股票看跌期权,这样一旦发生袭击案,他们就会得到丰厚的报酬。若不是老师提到这些,我是不会知道两者有如此紧密的关系……当然这只是其中一小部分。听多了卓老师关于政治与经济的个中关系的讲解,我真的产生了阅读这类之前觉得枯燥的内容的兴趣。若能透过现象看本质,某些知识也不会显得那么枯燥了。林纬苏老师讲授的关于 FATCA、FBAR 的内容让我们了解到存款未申报完整将带来的隐患。FATCA 的追税对象包括美国公民、绿卡持有者和三年内居住在美国加权平均天数超过一定天数的人等,所以常住人群都应该给自己提个醒,财产申报完全了吗?美国税收体制的繁复总会给人们造成很多困扰,偷税、漏税行为一旦被追查到,那么罚款也必将是一个巨大的数额。我们至少要明白要注意点什么,如何进行必要的规避,这些说不定都在为未来积聚财富。

抛开纯专业方面的学习,我觉得这些课程给我最大的收获就是看待问题的发散性思维的培养。涂教授、卓老师等不光是在自己的专业领域上有深入研究,而且他们有广博的学识,对许多问题有更全面、更深刻的见解。这让我更明白全面阅读的重要性:许多东西都是息息相关的,它们所构成的脉络是一张网而不是一条线。不断积累,会让自己的眼光更犀利。就像很多股票的买卖,都属于经济问题,而其中又会隐含政治利益,若只是单纯地做学术研究而看不到这些,想必也会缺点火候。所以我们应该在广博阅读的基础上研究一门学问,想必这会事半功倍。

访企业、机构圆美梦

参访是研习中很重要的一部分,正如涂教授所说的:"一个人要有国际视野,就一定要走出去,多见识一些事物。"无论是精练如日盛、大气如中租迪和、专业如证券及期货交易所,还是沉淀如龙应台文化基金会,这些有着深厚积淀的企业和机构都足够让我开阔眼界。与管理者的交流更是一种锻炼,可以让我们得到信息,也可以激发我们的思维,让我们不再做一个木讷的聆听者。

我们特地被安排参加了日盛证券的晨会。晨会上,每个部门都报告了各自的工作情况,并且就当天的经济市场做了一个分析,有的人还与同事分享自己的新发现。之前我只是在电视上看过类似的场景,近距离接触这样的事还是第一次,他们对工作的严谨是我们可以明显感受到的。"一日日盛人"的体验让我们对一个公司的架构、内部结构、工作流程有了大致了解。最后与几位经理的座谈会让我们感受到了高层的气度、见识与谈吐。

中租迪和是我们此次参访的最气派的公司。也许是因为接待的人员都足够温柔热情,你并不会觉得这个公司大得空洞冰冷,而是让人觉得就连钢筋水泥那种毫无生命力可言的材料,在他们的情感和素养渗入之后,也开始显得温暖,让人看到那层暖黄色的光晕。中租迪和最让我印象深刻的就是各个部门的分工:有的部门青春有活力,他们是公司的新生力量;有的部门沉稳严肃,他们是公司的经济支柱;而有的就轻松温馨,他们是公司的后勤援助。不同的部门虽然差异不小,但却和谐地形成一个整体,应该说,这个公司满足了我对"大公司"所有的想象。

如果说前面几个集团的参访都涉及专业内容学习,那么龙应台文化基金会的参访就是单纯的思想交流了。负责人杨泽先生算是一个"文化人",与我们交谈的都是自己所好奇的一些事情,比如,对于很多问题,他解决时的中心思想便是先管好自己的事情,因为"一屋不扫何以扫天下"。像这样的文化组织台湾其实不少,我觉得可以借鉴他们的活动。各种主题的交流,是对年轻一代思想的淬炼,是一种公益的教育,也是一种对社会负责的表现。我想这对一代人的影响虽然难以立即显现但又不可或缺。

龙应台文化基金会参访交流——认真专注,受益匪浅

游宝岛台湾近人文

在上课之外,我们也不忘抓紧时间进行台北市区及周边的深度游,每天下课后就结伴出行,足迹遍布绝大多数的知名地区。士林夜市的美味、西门町的青春、忠孝东路的热闹、信义的繁华、台北故宫博物院的深厚、九份的青山白云、淡水的夕阳西照、乌来的温泉文化……

士林夜市真的是"吃货"的天堂,就算你每样只尝一点,一遍"扫"下来你的胃也难以承受美食的分量,而且对新奇食物的尝试也是一件刺激且需要勇气的事情。而西门町和忠孝东路则聚集了台湾的年轻群体,你在那里信步就会被他们的气息所感染。我们遇到的台湾人大多脾气很好,不会随意生气,他们讲话有如此柔软的语调,还能发多大的火呢?淡水是个非常美好的地方,你可以在坡道小路上寻找美食,也能在红墙林荫边找寻电影里的画面。夕阳下的淡水码头，悠悠的歌声夹杂在暖风中迎面飘来，就那么坐着享受它的温柔，你会惬意到不愿伸手整理被风拂乱的头发，你会希望时间就此驻足。另外，我觉得泡温泉是一种能体会当地人文的方法。我们就遇见一些中年妇女，也许是因为长年泡温泉，她们的皮肤很好，她们会与你闲聊，聊以前的台湾，聊她们眼中的大陆……台湾虽小但是有太多值得玩的地方，而且与小伙伴一起真的每天都过得很开心，我们用年轻人的态度与活力感受着这座热情与内敛并存的宝岛。

青春的记忆

结台湾之旅悟人生

在学习上，我感触最深的是无论是老师还是参访时的接待人员，他们都很注重你对问题的发现，他们会一直问你是否有问题。虽然一开始我们有点不适应，也确实因为惯有的学习模式而想不出任何问题，但随着思考次数的增加便渐入佳境，明显地发现自己会用不同的视角来发现问题，而不是全盘承认与接受。这种思维的变化我认为是很难得的收获。

我们在九份爬山时，还遇到一对父女，无意中的聊天让我们成为朋友。比我们小几岁的女孩从我们口中了解了她所不熟悉的大陆，他们热情地载我们去瀑布，去视角好的地方看日落，还特地送我们回台北市中心，这样的热情真的让我们觉得很温暖。而这只是我们遇到好朋友的其中一个例子。

　　游学时的老师、爬山时遇见的父女、热心的市民……他们都是我遇到的"贵人"。我很感谢这一路以来得到的笑脸与帮助，这是旅程中最美好的一道风景。这里的建筑并不都是崭新宏伟的，但却沉淀了一代代的人文；这里的山水并不都是秀甲天下的，但却有自己独特的风情韵味；这里的人们并不都是深明大义的，但他们却能给予你最诚挚的笑容。我觉得台湾将传统文化传承得很好，台湾同胞的人文素养较高，不会让人与人之间的交往显得太冰冷。

与老师合影

　　感谢所有老师的付出和同行伙伴的帮助，你们给了我一段异常珍贵的回忆。我喜欢台湾，愿后会有期！

感台北之行

曾晓清 （国贸 111 班）

　　在这次去台湾之前，我也是抱着去那边了解一下的态度的，毕竟以前对台湾的一切都是道听途说，并没有真切感受过。难得这次有机会可以去了解台湾，我便把握住了这个机会。经过这次游学，我感到当初的想法很多都被颠覆了。从台北松山机场的接机到送机，对方学校对于一切事务都为我们尽心尽力地安排，个中艰辛自然是我们无法体会的。时尚与怀旧，现代与传统，激情

台北大学——校园初印象

与慢热,各种对比的词语说不尽这座淡水河边的大城市。这是我看到的关于台北最美的描述,我想这是个温情且令人着迷的城市。来到这座城市学习,对我来说是一次特殊的经历。

态度决定一切

研习营共三周,课程形式主要有专题讲座、实务演练以及参访。课程内容以当代金融理论与实务为主,从美国 FATCA 与 FBAR 大追税到期权策略"天龙八部",从市场导向落实价值创造的"创意创新创业"理论到结构化利率产品导论。上课老师多为台湾的专家学者和商界精英,他们以渊博的知识、国际化的视野、风趣幽默的授课方式、丰富的商界实战经验为我们答疑解惑。我想我们学习到的不仅仅是专业知识,更多的是一种学习的态度和作风。在专业课程之外,还有个环节讲到了"我的梦想板",每个人都需要梦想,因为梦想会带来希望与动力。每个人都有自己的梦想,因为各自追求的目标不同。我也借此更加明确了自己未来的方向并为此做了一些规划,剩下的就是要脚踏实地地去完成和实现,这其中也涉及执行力的问题。在最后一天的课程中,通过一份"个人创新评量表",我们可以清楚地知道自己在这方面的能力。在这份评量表中,一半的问题是对个人发现问题能力的评估,一半是执行力的评估,通过这两项的分数可发现自身存在的问题,从而结合个人日后的职业发展对自身做相应的调整。执行力需要坚持,创新需要想象力。如果要说出对于这两者最重要的一个因素,我想就是态度吧。态度决定一切。

实践理论,职场先知

在学习理论且不忘实践的理念下,我们参访了台湾证券交易所、台湾期货交易所、日盛公司、中租迪和公司、期货业商业同业公会等台湾金融业翘楚单位以及著名的龙应台文化基金会。这多次的参访,我想也不仅仅是简单的参访,我们从中学习到了台湾人对工作的专业感和责任感。能学到的专业知识是可以用语言来表达的,但这之外的东西,我想还是去经历过才能体会到的。言语似乎无法完全表达参访带给我的感受。说说在日盛的参访吧。从早上的晨会到下午的座谈会,我们都参与其中。通过负责人对公司的介绍和相关经理人对课程的讲解,我们感受到的绝不是专业这么简单。印象最深的是日盛证券投资顾问股份有限公司总经理李秀利女士的讲述。她回忆起自己当时毕业后的第一份工作是文秘,由于她的英语较好,在从事这份工作时,一开始只是偶尔地帮老板处理部分翻译的文件,后来次数渐多,老板也逐渐看好她,从而她在无形中获得了一张晋升的"通行证"。她以自身的职场经历告诉我们机会是留给有准备的人的。这对于要步入职场的我们是一种提醒,也是一种期盼。也许很多人都不解,拿一份薪酬做两份工作,听起来很不值得,可是换一个角度想想,做一份工作却可以学到两种经验,这样想来是不是也还是不值呢?我想很少有人会说不值的吧。吃亏是福,我们要摆正自己的心态,不断学习他人的经验以充实和提升自我。此外,其他单位的一些负责人如龙应台文化基金会董事长杨泽先生、台湾证券交易所主管何业芳女士、台北大学商学院院长蔡建雄教授以及台湾中华理财教育协会理事长涂登才教授等,也不仅仅是在给我们传道授业解惑,还讲述了他们自己的过往经历。

在台北留下足迹

初到一地,其人文与自然是必然要感受的。初来乍到,先说说对宝岛的第一印象吧。与其说是印象,不如说是某种冲击吧。到达台北,第一眼望去的是建筑物,你会发现在这个台湾人口最多也是最繁华的城市的建筑物是陈旧的,带着点复古气息。也许很多同学心中都有疑惑,繁华都市不应该是崭新的吗?但我想这两者并不冲突。当台北已发展到一定的程度,就像人到达某个生长阶段时,自然会有些"衰老"。因此我想陈旧的建筑增加的是台北的魅力分,说明的是台北的发展进程。

都说人是社会性动物,生活在哪里都一样,与人相处是必然的。在与台湾人的相处中,你会发现他们是友好的、热情的、礼貌的,这些甚至有时候会让人觉得不习惯,但又似乎会让人觉得有种他乡遇知己的温暖感。此外,他们对职业的专业感、责任感也让我很有感触,他们能让我感受到他们对各自职业的热爱和认真。我似乎听不到他们对工作的抱怨,这就是他们的工作态度。

人文的方面在各处都能真真切切感受到,而自然风光则是需要我们迈开双腿去欣赏的。听人说百遍,不如自己走一回。日月潭的自然风景,让我们感叹大自然的鬼斧神工,淅沥小雨增加的是情趣,并未减退我们游览的热情;台北故宫博物院的名声我们也亲身感受到了,那是一个沉淀了历史的去处;位于台北文山区指南路的"猫空",也许是台北最适合看星空的地方了。无论是自然的风景还是人文的气息在台湾都是那么浓郁。

　　短暂的旅途带不来深入的了解,好在此行时间足够充裕,我们也有机会深入台湾生活的方方面面,听着当地人的呢喃细语,感受台湾安静的生活。快节奏的生活需要调剂,才显得悠然,我想 24 小时营业的诚品书店以及四处都有的小咖啡馆都是不错的选择。身处其中,我不禁感到轻松、自然、惬意,这些都是放松心情的好去处。台北有这样的一种文化时尚,也让游人恋恋不舍。只是各处充斥着的商业味在某种程度上破坏了这样一种静谧和安好,但我想这在当下的社会生活中也是在所难免的,我们自己要做的是随波不逐流。

位于猫空的咖啡馆,感受星空奥妙的绝佳去处

特殊的经历,特别的感受

　　三周的时间要说学习到什么以至不负此行,我想是多方面的。专业知识上的丰富是必然的,但我想最重要的是个人见识的增长。视野开阔了,思想的高度也会随之提高。人往往有思维定式,特别是长期生活在相同的环境中,我们太容易坚持自己认为对的东西,理所当然地认为自己就是对的,很难再去接受一种新的观念,因此我们需要用一种异于自己过往的观念来"碰撞"我们的大脑,让我们不再那么固执、坚持。我想能达到这样一种效果的一是阅读,二是走出去看世界。也许有人说现在网络那么发达,动动鼠标就没什么难事,

落日余晖

我觉得如果仅仅是如此,那么"经历"这个词似乎就没有存在的必要了。生活中很多事,都需要我们去经历和感悟,我们要学会更宽容地对待这个世界。但在收获的同时,我想我们也可以做个自我反省,看到自身的不足,然后做些改变,这比收获到什么更具有意义吧。举几个例子吧,比如台湾人在搭乘自动扶梯时,他们会自觉地站在右边,左边留给需要赶时间的人;他们在等公交时是排队的;就算是在偌大的广场上,垃圾也几乎看不到。看到这些我会有点羞愧。因为除了最后一项我能轻松做到外,另两项我几乎是需要时时刻刻提醒自己才能做到的,这些也是我在平时的行为中甚少注意的,望今后能多加留心。

这是一次特殊的经历,因为去的是台北。提到这个地名,多多少少都让我感受到一点历史感。也许收获的学习感受不足以对我今后的生活产生多大的影响,但影响是一个潜移默化、循序渐进的过程。经历了,就好。

台北——不说再见

陈　艳　（国贸 112 班）

　　时光荏苒，台北大学当代金融理论与实务研习营即将接近尾声。本次研习营从 7 月 15 日开始，为期三周。在这三周的学习和实地参访中我获益匪浅，无论是在学术、文化，还是生活方面，我都有了新的认识与感悟！在这三周里我也认识了一些新的朋友，在这里我们一起学习，一起生活，一起看台湾的山水！

心的交流——淡水情人桥

知识的碰撞——学习所获

在台北大学，我们学习了一些当代金融理论与实务的课程，这些课程内容新颖，与时事和实践挂钩，非常具有感染力和互动性。这里的教授上课都非常风趣幽默，善于使用实际例子进行教学，言简意赅，让我们在轻松听懂的同时又能掌握知识。

首先来谈谈卓必靖教授的期权策略，这是我们在台北大学所上的第一门课程。这门课介绍了单/复式策略的灵活应用与风险管控。期权是一种买卖双方约定的合约，其分为涨权（call，看涨）和跌权（put，看跌）两类。通过学习期权的杠杆操作及损失有限的特性，投资者可以规避持股的风险。若是投资组合想要保有股市长期持有之获利，但陷入整理行情，想要增加额外的获利，并能保有行情继续上扬时之获利机会，只要以涨权避险，其交易策略是持有股票加上卖出涨权。卓老师非常具有亲和力，上课之外也常在微信上与这次来研习营的同学们互动，帮助我们处理一些学习上与生活上的事。

再来是涂登才教授，这是一位很有名望并且很和善的教授，也是这次研习营主要接待我们并与我们一起参访的教授。对于这三周来陪伴我们的涂教授，我们真的非常感谢他！他给我们上了理财建议课。在这门课中，我们了解了金融海啸与未来理财产业发展的趋势，并且涂教授提到了一些实用的理财规划观念。观念一——保本前先保值：（1）要考虑通货膨胀的因素；（2）不能把所有资产都存为定期存款（黄金铁律：资产配置）。观念二——节流、开源一起管理：（1）节流账户（节省开支、通过保险规划降低不确定的巨大损失）；（2）开源账户（以人赚钱，以钱赚钱）。观念三——培养记账的习惯。观念四——慎选理财工具。观念五——养成定期、定额投资的习惯。对此我觉得我们大学生要学会理财，学好理财！

而林纬苏教授的"'肥咖（FATCA）'与'肥爸（FBAR）'"课程是一个非常新的内容，也是他最新的研究成果。本课程旨在说明美国海外税收账户遵从法的规定。他告诉我们"肥咖"是美国2014年7月1日开始实施的法案，是美国国内的税务法案，要求美国以外的所有机构遵从有关调查程序，把相关的信息交给美国国税局，是与追查海外资产相关的一项重要规定。若金融机构不配合办理，只要其有美国市场所得（交易额），就要被美国政府征收30%的重税。其中的金融机构是指银行、寿险公司、证券公司、投信公司、期货公司。当然也有一部分豁免机构：（1）总资产在 1.75 亿美元以下；（2）98％以上是本地客户；（3）集团未在海外设立营业点；（4）未在任何其他地区招揽业务；（5）没有美国客户。我们学到了以前所不知道的东西，真的很有收获。

新视界——我们所见

在这三周里我们还实地参访了日盛公司、中租迪和公司、台湾证券交易所、台湾期货交易所、永丰银行等大公司和龙应台文化基金会，同时台北大学也邀请了台湾日盛证券投资顾问股份有限公司总经理李秀利女士、龙应台文化基金会董事长杨泽先生、台湾证券交易所主管何业芳女士、台北大学商学院院长蔡建雄教授以及台湾中华理财教育协会理事长涂登才教授等精英人士在实地参访时进行专题讲座、疑问解答。他们都热情地招待了我们，悉心解答我们的疑问。其中让我印象最深的是在日盛证券公司的访问，大概是因为我们在这个公司所待的时间最长吧。"一日日盛人"的活动非常好，我们参与晨会，

证券交易所，我们来过

听证券精英们分析市场情况，感觉他们的讲话都非常有条理，言简意赅，用数据和图表说话，这非常值得我们学习。我们后来还参观了他们的各个部门，听各个部门主管讲解他们的工作流程，明白了证券公司的具体运作以及相关情况。在参观台湾期货交易所时，我们学习了期货相关的知识，并当场进行了期货模拟买卖比赛。我根据之前教授所讲的知识点进行操作买卖，模拟收益非常好，最后得了第一名，获得了交易所工作人员赠送的纪念本。学以致用的感觉真好，真的很开心！

我们还在涂教授和尹超学长的安排下访问了台北大学三峡校区、莺歌陶瓷博物馆和华山文创园区。台北大学是一所学术氛围浓厚的学校，这里的图书馆宽敞明亮，藏书丰富，其中让我印象深刻的是他们这里的电脑可以预约，并且附有 DVD 机。这里的绿色环保的理念非常强，图书馆内的树木花草浇灌用水直接通过管道引用雨水。在吃完饭后，学校还进行垃圾分类，并将部分垃圾用于发电。同时我们也在台北大学三峡校区与商学院的教授们进行了金融学相关方面的探讨，教授们都很热情地回答了我们的问题。会后商学院院长蔡建雄教授赠给研习营的同学们金融学习的箴言以及该院的院徽，非常感谢蔡教授！

美丽的台北建筑

台北——不说再见

在台湾的这段日子里我们深入了解了台湾的人文风情,游览了台北故宫博物院、淡水老街、九份、日月潭、垦丁,体味了历史文化沉淀,欣赏了宝岛独特的自然风光。台北故宫博物院藏品丰富,有许多瑰宝。时间有限,我只参观了其中一个展馆,当中的瓷器令我印象深刻,甜白番莲纹碗造型独特,颜色细腻,是我最喜欢的藏品之一。作为镇馆之宝的肉形石与翠玉白菜是人气最旺的两大文物,肉形石乍看之下,像是一块令人垂涎三尺、肥瘦相间的东坡肉,但其实它是一块玛瑙石,极其有趣!

这边的民众都非常乐于助人。在课余我们去景点游玩迷路时,他们很热情地指引我们,甚至因为怕我们走错路还亲自带我们走。而且这边的景点没有哄抬物价的现象,基本上与市区非景点处的物价保持了一致。这边的不少景点是免费对外开放的,这一点非常好,可以更便于陶冶人们的情操,丰富民众的业余生活。还有一点让我们感受很深的是这里的人对他人——无论男女老弱——有着发自内心的尊重,这种尊重沉淀下来就是一种人文关怀,而这种关怀在台湾处处可见。这边人基本上说话不离"谢谢"二字,无论购物,还是其他事,都会面带笑容地说一声"谢谢";随处可见购物、乘车时人们依次排队的情景,井然有序,全无推搡挤塞的情景;上自动扶梯时人们自觉站在右边,把左边空给需要赶路的人;在公交车停车或拐弯时车前车后的电子显示屏上会向其他车辆提示"刹车""左拐"等等,很人性化。捷运(相当于大陆的地铁)座位一般是淡蓝色的,但每个捷运车厢里靠门口处都有两排深蓝色的座椅,是为老弱病残及孕妇设置的,被称为"博爱座"。很多乘客宁可站着也不会占用博爱座,这种人与人之间自然而然的相互尊重、互相体谅值得我们学习!

铭记此行,踏上征途

我觉得这样的暑期金融研习营很好,正如我们在参访中遇到的龙应台文化基金会董事长(也是著名诗人)杨泽先生所言,只有走出去,才能知道更多,青年人要接触外界,充实自己。在这三周里我们大致了解了台湾的金融情况、风土人情,知道了浙江与台湾彼此的优缺点。同时我也充分意识到了自己的不足,如过于拘谨羞涩,不够勇敢。在参访的过程中好几次我明明准备了问题却不敢举手发言,后来我意识到了这个问题,也努力改正了。从红着脸小声问问题,到最后一站在龙应台文化基金会能够踊跃发言,能冷静询问并且仔细聆听,我觉得这次研习营让我成长了很多！感谢有这样一个机会让我能够来这边锻炼我自己！希望这样的活动能继续办下去,给更多的同学一个挑战自我和成长的机会！

俯瞰台北——人虽离,爱永存

在台湾，我留下回忆

胡俏珺 （国贸 121 班）

有一句话说，灵魂和身体，总要有一个在路上。三周的大学暑期研习营，我学习了金融领域的期权、期货、美国税法、股票等知识，参观了台湾有名的证券公司、银行等机构，也"穷游"了台北各处有名的地方。这次台湾行让我知行结合，拓宽了我的知识面，让我学习到了不少专业知识，增强了我认识问题、分析问题、解决问题的能力，为我积累了一笔宝贵的人生财富，为我今后步入社会打下了牢固的根基，也让我认识到了自己的欠缺。对我而言，社会是一个很好的锻炼基地，能让我将在学校学到的知识与社会相联系，明白自己往后更需努力。

美丽的渔人码头

学习感悟

　　这次交流中,我最先学到的知识是关于期货与期权的。期货与期权目前在大陆发展还较为缓慢,很多细节都还在商讨与议定中,但是台湾的期权与期货市场发展早于大陆多年,市场已趋成熟,很多地方都值得大陆借鉴与学习。对于国贸专业的我而言,以前并未对期权、期货有深刻了解,只是在金融学的课程上略有涉及。而这次的暑期金融研习营,让我领略了金融世界与国贸专业不同的深奥与灵动,让我的知识在专业领域上得到了极大的延伸。

　　期权是指买卖双方之间拟定的一个合约,双方依据合约实行自己的权利,也可以放弃自己的权利,按一定的价格进行转让。买方有权于到期时依合约所约定之规格、数量及价格向卖方买进标的物。而卖方取得权利金后,要承担履行合约的义务。期权是一种类似保险的交易,因为对于买卖双方来说,它的权利与义务是分开的。期权的买方拥有权利,只需支付权利金,就可以实现"风险有限,获利无限";期权的卖方不享有权利,只能承担义务,在获取权利金后,可能出现"风险无限,获利有限"。期权市场其实和保险市场类似。保险市场是由保

专业化的教室,门背后是不一样的知识王国,窥探到的是全新的国贸世界

险公司向人们销售保险,而期权市场是把卖方想要售卖的东西都包装成商品,放在同一个平台进行销售。在这里我们就提出了一个疑问,既然买方"风险有限,获利无限",卖方"风险无限,获利有限",那市场上为什么还有人愿意做期权的卖方呢? 老师向我们解释,正如前面提到的期权市场类似于保险市场,期权的卖方也不会做亏本的买卖。在保险市场,保险公司尽可能把市场做大,越大越好,若不同的人支付的保险金高于保险公司所要赔偿出去的保险金额,那么这个保险公司就是赢利的。期权公司相同,卖方要把市场做大,与大量的商户签订合约,从权利金中获益。

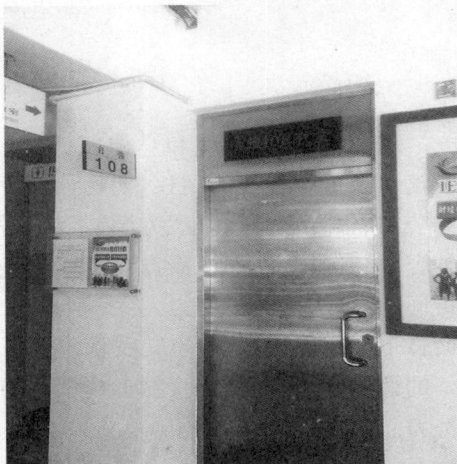

参访获益

到这里为止，听起来总觉得做期权比投资股票好，至少作为一个买方的话，风险是有限的，不像股票，赔的钱永远都没有一个定数，而做期权如果能获益的话，自己就处在了赢利的情况之中。但是事情总不会是那么简单的，不公平的市场总不会有发展。在参访日盛证券时，我们向带领我们参观的人提出了这个疑问，真正在股票市场获益的人占多少比例，而在期权期货市场中获益的人又占比多少呢？他会心地笑了一笑，坦诚地跟我们说，他们做过研究，真正在股票市场获益的人只有8%，而期权期货市场的获益人群比例要稍微比股票市场高一点，大约有10%。听完之后我们才明白，其实金融世界并没有想象得那么简单，对只想获取小利的散户来说，不赔就好，可是这个金融市场还有很多具有经济实力的人在参与，整个市场都在动荡，每日都危机四伏。

在之后的对期货业商业同业公会的参访中，我也了解到了台湾期货市场的发展历程以及目前期货在台湾的发展状况。听公会的负责人介绍完台湾期货业种开放沿革以及台湾期货市场的发展历程，我认识到了台湾在期货市场的从零起步、步步趋善到如今的市场发展完善、饱满的过程，对大陆而言是值得借鉴的。大陆市场广阔，金融市场更是呈欣欣向荣之态，期货业刚刚准备起步，能抢到先机的人必能占有一席之地。

拥抱感动

在台湾的短暂停留里，我没有留下什么遗憾。在课余时间里，我几乎把台湾有名的地方都玩了个遍。士林夜市、淡水、北投、猫空、日月潭、台北故宫博物院、垦丁等等。其中，留给我印象最深的是台北故宫博物院。

在台湾的三周时间里，我不仅学到了知识，更领略了台湾的风土人情以及地域文化。每每在街上问路时，不论是商店老板、保安，还是路人，都会特别亲切、热情地告诉你该怎么走，即使你已经明白了该怎么走。道过谢后准备启程时，他们还是会不停地重复，生怕你漏下任何一个细节，一副恨不得把你带到那里去的架势。我想那是因为他们对自己的家乡充满了热爱和自豪，并且愿意与他人分享，希望每个游客都能喜欢这片土地。在捷运站内，人们在搭乘自

诚品书店

台北山景

动扶梯时都会自觉地往右边站,左边的空间留给赶路的人通行……这在大陆是很少能看到的。之前我相信一种说法:旅游,就是离开你待腻的地方去别人待腻的地方找新鲜。但是台湾民众并没有给我这种他们已"待腻"了这里的感觉,他们都热爱自己生活的地方。每每我们流露出对台湾的赞美与热爱时,他们的骄傲以及满足感立刻化为微笑流露在脸上,眼睛里闪烁的是激动的光芒。他们对生活、对明天的真诚与热情总能让我也产生对美好生活的坚定向往与勇敢追求。

这次台湾之旅对我来说可以算是不虚此行,我看到了多样的生活方式以及金融行业的深邃。以前总觉得今后自己的就业方向似乎很局限,但是现在我认识到了生活的饱满与丰富性。人生路的前方不是没有分岔路口,而是条条大路通罗马。愿今后自己的人生道路满是芳香,迸发光芒。

且行且思考

李红云 （国投 121 班）

如果现在让我重新做一次选择，我还是会选择去台湾交流学习。这三周的时间里，我所经历的、感受的、学习的、思考的，都将成为我人生中不可多得的财富。

那是一段学习

不得不说研习营的学习课程有一种独特的魅力吸引着你。我们在这里很荣幸能听到卓必靖教授、林纬苏教授和涂登才教授的课程，他们的课，让我受益匪浅。

卓老师主要讲了期权单/复式策略的灵活应用与风险管控。一开始，他介绍了期权的定义、特性、市场参与者，又分析了期权与现货、期货的差异，告诉我们影响期权价格的因素包括资产价格、行权价格、到期时间、波动率、利率。老师从各个方面对期权市场进行了详细的阐述，并结合案例进行了分析，最后还教了我们期权风险的规避以及交易的策略：（1）单式买进涨权，使用的时机是看多市场，"获利无限，损失有限"；（2）单式卖出跌权，使用时机也是看多市场，但"获利有限，风险无限"；（3）组合差价策略，看多后市和看空后市；（4）涨权头差价，使用时机是看多盘涨后市，但仅愿承担有限风险；（5）喷出与箱型，预期价格持平，窄幅震荡，预期价格有大变化，但不确定是涨或是跌；（6）买进跨式组合；（7）卖出跨式组合。

认真聆听老师讲课

　　林老师讲了美国的税收账户遵从法,其追税对象是利用海外账户逃税、漏税的美国税务居民。"肥咖"法案要求全球金融机构提供美国公民、美国绿卡持有者、经常往来美国的人等人士的收入、所得、资本利得等账户信息给美国国家税务局,以供查税。在慎用理财产品方面,林老师也与我们有相当多的交流。他还分析了我们每个人的梦想成本到底有多大,以及梦想若实现不了有两种解决方法:一是把时间拉长,二是把目标定准。林老师的课让我知道听别人的事是故事,发生在自己身上的就叫事故了。

　　涂老师的课讲了金融海啸与未来理财产业发展趋势,他采用了双语教学,结合案例阐述,很形象。最后还有几位教授给我们传授创新创意方面的知识,使我认识到创新的重要性,认识到态度最重要。

　　从诸位老师身上我们看到他们的对学术简单而快乐的追求,这让我觉得无论是继续读书深造,追求学术上的卓越,还是在工作中结合所学,并不断进步,这些都不再是那么模糊不清的选项,而都是人类追寻知识的本能的延伸。但也许是我精力有限,并不能在每门课中全身心投入,不能从老师那里学到更多知识,这多多少少是有点遗憾的。

那是一段交流

　　企业的参访也让我印象深刻。负责人涂老师很努力地为我们争取到了十分优秀的企业作为参访的对象，这些企业都是在台湾业界居领先地位的。对此我们除了感谢，也有欣喜，还有荣幸。我们首先来到了日盛公司。他们的热情款待、他们的领导团队让我很惊喜，尤其是他们的总经理，我很敬佩她，她知识渊博，也很有领导力。她最后讲的话让我记忆深刻，她说要抓住机会，勇于"say yes"，还有穷爸爸和富爸爸的故事。我们还参观了中租迪和股份有限公司、期货业商业同业公会、证券交易所、永丰银行、台北大学。这些企业、组织、机构各有各的特色，各有各的管理制度，但相同的是他们的工作人员无论是对工作，还是在待人接物的方面表现得都很让我感动，这样的工作环境是我一直向往的。

在参访企业合影留念

那是一段风景

　　这里的文化、这里的风情让我着迷。其实刚到台湾时,我有点不习惯,尤其在旅游区,垃圾桶很少,我经常要拎着垃圾,张望四方却找不到一个垃圾桶,于是后来我便每天出门都在包里备一个塑料袋以备不时之需。

　　我们陆续参观了华山文化创意产业园区、莺歌陶瓷博物馆等,在其余的空闲时间里我也到处逛了逛,逛了各大百货公司,逛了各大夜市、九份老街、淡水老街、渔人码头,给我印象最深的是台湾人的服务态度很热情,有种家的味道,虽然物价相对较高。初下飞机,我并没有感觉到什么特别,但随着与台湾同胞的进一步接触,我深深体会到了台湾的魅力。

那一段九份时光

　　在游玩的时候,给我印象最深的是九份,原因又简单又自然——它的美丽的名字和独特的美食都是那么让人着迷。九份位于新北市瑞芳区,早期因为盛产金矿而兴盛。九份独特的旧式建筑、坡地以及风情让电影《悲情城市》在这里取景,现在此地已经成为一个很受欢迎的观光景点。九份的房屋顺山势

夕阳下的渔人码头

而建,街道都是窄窄小小的,其中的基山街是九份最繁华的商业街,也是美食的聚集地。街的两边是百余家小店,包括传统小吃店等饮食店、民艺店,吃喝玩乐住一应俱全。这里尽管人多,却没有喧闹之声,让人感觉非常舒服。

这里的人们也有一种独特的魅力。在来台湾前我总以为台湾同胞会对我们很冷漠,没想到的是台湾同胞与我们原本设想的截然不同。他们热情,他们耐心,这种感觉让人心头无比温暖。当我们在商场遇到当地居民时,他们会主动跟我们聊天;当我们问路时,他们会很好心地来详细讲给我们听,甚至因为怕我们会走错路,自己直接带领我们走到目的地。他们的热情、他们的善良让我们感动不已。

负责接机的学长从我们下飞机那一刻起就陪着我们。从接机到安排我们的住宿,到请我们吃在台湾的第一顿饭,到陪着我们去购买日常用品⋯⋯后来的日子里,有很多热心的人,他们无数次关心、照顾我们的生活,带着我们参观⋯⋯这类事例不胜枚举。为了我们的交流活动圆满、顺利地进行,很多人都在幕后默默付出。如一直忙碌着的活动负责人、台北大学的接待人、各个企业的接待人⋯⋯我们有数不清的人要感激。还有太多甚至不知道名字的人,可能我们与之只是擦肩而过,但是台湾人的好客和热心肠已经深深感染了我们,他们将这种温暖的品质留在了我们的心里,也留在了我们未来的生活中。

那是一段收获

　　台湾的交流给予我思想上的蜕变。我的心路体会包括：我们对过去无能为力，只能怀念，但是我们对未来却可以有着无限的想象并可以认真地对待；在哪里都不要停止学习的脚步；我们总是要慢慢了解自己，学会找到自己的兴趣，学会认真专注干你想干的事；学会与人多交流，学会积极向前，不在畏惧的时候后退，学会思想的自由与独立；学会玩一个游戏也许真的比学习书本上的知识、社会上的知识要来的容易，但是游戏给你的只是精神上短暂的兴奋，就像是鸦片，兴奋过后的无尽的空虚驱使着你继续，然而学习则会让你产生一种慢热的兴趣，慢慢地以一种无形的方式点亮你的生活，慢慢地回馈你属于它的温暖。

　　这次的交流让我改变，给我启发，让我现在的学习不再是为了应付考试，而是发自内心地主动想去学习。新的环境代表着你会遇见更多的人，受到更多新奇的启发，体验更多的精彩，还会带来一股源源不断的动力，让你想让自己的生活和这个世界一样宽广。

读万卷书，行万里路

毛一姝 （国贸 131 班）

这个暑假，我们代表商学院赴台北大学参加当代金融理论与实务研习营，在宋汉文老师和林建英老师的带领下，一行 20 人来到了美丽的宝岛台湾，进行为期三周的交流研习活动。

回想刚到台北那日，阳光很强烈，一下飞机我们就感受到了台北的热情。台北大学两位老师在出口处举着"浙江大学宁波理工学院"的牌子等候我们，然后我们一行人坐车来到了台北大学位于市区的校区。

虽地处闹市，但身在小巷的校区并没有让人感到喧嚣。校内的大榕树撑起了一片浓浓的绿荫，想到要在这样幽静的环境中学习，我便感到十分期待。

徜徉知识海洋

本次交流活动有多位老师给我们上课，我们也去了多个企业、机构参访。短短的三周时间里，我们学到了不少知识。涂登才教授是本次交流项目的牵头人，为人热情好客，学术水平极高，又不吝惜与我们这些年轻学子分享，这对于我们来说是多么难得，我们十分尊敬他。在学习方面，我们跟随老师们重点学习了期权、期货、创业、理财的知识。我们接受了以下几门课程的培训。

一、台湾中华理财教育协会卓必靖教授——期权策略"天龙八部"，期货交易实务入门与规定介绍

期权是一种买卖双方约定的合约，买方支付一定金额即权利金，取得合约所约定的权利。合约的买方有权利，但无义务，可以在未来特定日（或之前），以约定价格买进或卖出约定数量的商品和证券。卖方收取权利金，但须于买方要求执行合约所约定的权利时履行义务。交易的标的物可以是金融资产，如股票、债券、外汇，以及商品物资、黄金、石油等。

卓必靖教授见识广博，总是引经据典，拿出具体事例来支持他的观点，并总能在拓展之后回到原题，有理有据，让人信服。他的课使我们了解到，金融市场和日常生活息息相关，了解了这一规律，就可以从多角度看待一件事情。通过这门课程的学习，我们了解了期权的定义、特性、种类、影响期权价格的因素，对期权的交易策略亦有所接触。适当的时候，我们或许也可以在相关领域一展身手了。

二、工研院产经中心陈梧桐教授——落实价值创造：从市场导向开始

据涂教授介绍，请到陈教授极为不易，所以我们对这门课也抱了相当大的期待。与上一门卓教授的课不同的是，陈教授的课上并无太多的实例，更多的是向我们展开了一副结构清晰的创意图。他鼓励我们积极思考，还组织了很多小组讨论。如何当一个有创新意识的员工；如何让产品充满创新，领导市场；如何做一个有创造力的企业管理者；如何在复杂的市场中达到产值最优化……一个个的问题，都能在陈教授的课上找到合理的答案。我想这样的知识，无论什么时候拿出来，都有值得回顾和继续探索的价值，也为我今后思考问题打开了新的思路。

三、国泰人寿公司林纬苏教授——美国大追税，"肥咖（FATCA）"与"肥爸（FBAR）"知多少

该门课程旨在说明美国海外税收账户遵从法的规定，并详细介绍了FATCA 和 FBAR 两个法案及其造成的影响。在此之前我并没有了解过这两个法案，感到眼界大开。原来美国进行全球追税，影响力如此之大，竟能让各种金融机构如银行、保险公司、证券公司、投资信托公司、期货公司老老实实提供美籍或经常来往美国人士的收入、所得、资本利得等账户信息给美国税务局，以供查税。如不配合，该机构则将被扣缴在美国市场所得的 30% 的重税，若没和美国签订外国金融机构协定（FFIA），其他跟该机构往来的银行也要连带扣缴 30% 的重税。

四、台北大学国际企业研究所涂登才教授的培训——金融海啸与未来理财产业发展趋势

这门课提供了一个听故事的好机会。作为金融领域高端人才的涂教授，从亲历者的角度解析了金融海啸。这门课涉及的专业知识相当多，后期内容略为艰涩，但教授并不敷衍，耐心分析例题并让我们动手尝试。我们十分珍惜这个上课的机会。

共同促进交流

在台湾三周的时间里，我们先后参访了日盛公司、中租迪和公司、台湾证券交易所、永丰银行、台湾期货交易所、龙应台文化基金会等金融机构和文化机构。

在日盛公司的一日参访中，我们有幸参加了日盛的晨会，感受到了金融行业精准高效的节奏，并对企业运作有了更深入的了解。我们还在日盛尝到了具有台湾特色的 50 岚奶茶和牛轧糖饼干。日盛集团的细心招待让我们十分感动。

企业参观合影

不知是否因为女性职员比较适合做接待参访团体的工作，我在台湾见到了许多做事风格干练又耐心细致的职场女性。她们与我们分享了自己的经历，告诉我们要在年轻的时候多多锻炼自己，不因事小而不为，这给了我许多启发，让我开始从细节思考如何规划自己的职业生涯。

　　值得一提的是，在参观龙应台文化基金会的时候，我们有幸见到了著名文化人杨泽先生。他将我非常喜欢的作家木心先生的书带到了台湾，他本人也是木心先生的好友。木心先生逝世已有三年，有幸见到他早年的友人，让我觉得离他更近了一步。

　　希望自己有朝一日，也可以在自己的领域取得一定的成绩，能为后辈的职业生涯规划提供一些自己的经验分享。

领略台湾风情

　　作为团里年纪较小的大一新生，我本是带着长长见识、顺便玩乐的目的，参加了本次研习营。事实证明这是一个正确的决定，研习营的收获大大超出了我的预期。

　　在三周的台湾行中，我们充分感受到了台湾人民的高素质。乘自动扶梯一律站在右侧，左侧留给赶时间的人；上捷运和公交不会出现人群一拥而上的

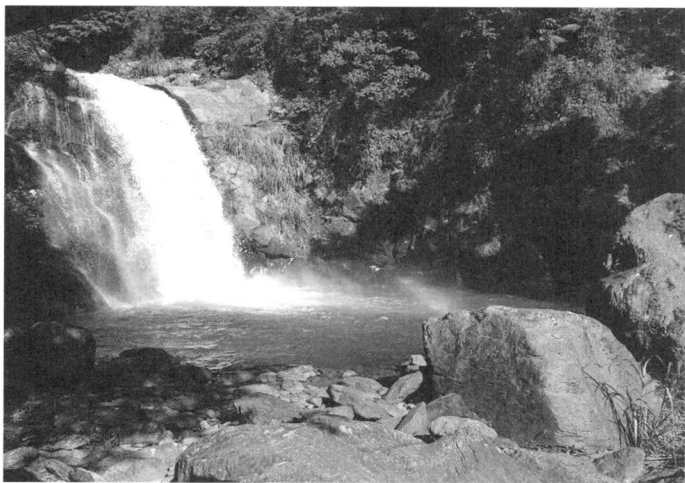

乌来泉边彩虹相伴

情况；所有人都自觉排队，秩序井然；台北的街道极干净，虽然垃圾桶很少……

　　台湾随处可见 7-Eleven 和全家等 24 小时营业的便利店，非常便捷。我们甚至尝试了一下便利店里的茶叶蛋，想看看台湾的茶叶蛋是否真如网上所说的那么好吃。

　　还记得我们某个周末去九份游玩，本想登一座小山，结果错登了更高的基隆山。烈日炎炎，走到一半又不舍回头，我们五个姑娘只好互相鼓励着往上走。途中在亭子里歇脚，遇到一对台湾父女。他们得知我们是大陆来的交流生，非常高兴，问了我们对台湾的印象，并感叹大陆这几年的发展。我们一起登山，到达顶峰时，蔚蓝的太平洋一下子抓住了所有人的心。原来这就是海峡那头的风景。台湾叔叔指导我们如何游览基隆港等景点，大学刚毕业的他的女儿与我们谈起了两岸的明星八卦。我们一起下了山，叔叔执意开车带我们去看几个步行难以到达的景点，末了还送我们回到台北。我们后来才知道原来他们住在新北，还要驱车回家，心里的感动难以言表。现在回想起来，仍是感激万分。

与众不同的日式料理店

在台湾，我们遇到了愿意与我们结伴同行的父女，遇到了拉着我们开心历数自己跟着旅行团去过的大陆省份的爷爷，遇到了热心教我们如何泡温泉的阿嬷，也遇到了老婆不让他去外地的台中司机。他们仿佛和我在大陆时身边的人没什么两样，但又好像有着一些不一样的地方。

心的洗礼感悟

我相当享受在台湾的生活。美丽的景色，可口的食物，善良的人们，令人留恋。同时，我心里反复对自己说，差异不可怕，误解才是最可怕的。为此我深感本次交流的重要性与必要性。

便利的 7-Eleven、渔人码头的落日、太平洋的风、九份的咖啡店、士林的夜市、垦丁的海，还有勤劳善良的台湾人民，让我对这座宝岛流连忘返。希望以后还有机会来台湾游玩学习。在此感谢台北大学商学院，感谢涂登才教授，感谢其他各位授课老师与接待我们的企业，感谢两位可爱的带队老师宋老师与林老师！感谢你们，让这个夏天变得与众不同！

难忘台湾，快乐之行

潘一炜 （金融 123 班）

首先，能有这么一次机会到台湾进行短期的学习交流，我非常感激。在赴台之前，我早已对这个宝岛充满了向往和憧憬。如今终于有这样的机会能够实现自己的心愿了，心中还是非常激动的。经历了短短三周的学习和生活，很难说我很全面地了解了台湾的一切，但至少我还是了解、接触了台湾生活的许多方面。现在回想起这三周的台湾生活，心中还是有很多感触。

学与习

我们这次来台湾交流，最主要的任务是学习。不得不说这次的学习真是让我受益匪浅。首先，真的要非常感谢台北大学，尤其是负责接待我们的校方负责人涂老师，他真的是一个非常热情好客的人。他自己本身在学术上就德高望重，而且他还请来了一批非常优秀的老师给我们授课。在不同老师的课堂上，我们分别学习了期权、期货、理财、创业的相关知识，这些都是我原本上课时未接触过的知识。原本老师上课一般都是教一些金融学理论的东西，这次这几位老师教给我们的都是一些实际工作中的知识，这给我的专业知识带来了很好的补充。

获益匪浅的日盛授课

参与访

  这次来台交流给我印象最深的还是参观金融类企业,尤其是参观日盛公司。我们参加了日盛集团的晨会,晨会的内容一般来说属于商业机密,我们能有幸参加晨会,真是非常幸运。我是第一次接触这么高级别的会议,了解到了金融集团高层间的会议的情况,大开了眼界。参加完晨会后,我们分别了解了日盛集团各营业部的工作情况,他们还解答了我们的很多疑问,这让我了解了大型的金融集团平时的运作情况。最后,我们还举行了一场座谈会,日盛集团的高层也亲自到场参与。我们畅所欲言,高管们也尽他们的所能来回答我们的问题,我们是又感激又欣喜。其实我们参访日盛集团,不仅学习到很多专业知识,其实只要留心观察,我们还会发现更多的职场知识,这些也是一笔无形的财富。例如,可以留心注意开会时的一些细节问题等。

人文与旅游

　　来台湾交流不单是学习，还要玩。所谓游学，就是边游边学。台北真是一个吃喝玩乐的好地方，有各种各样的夜市，有不同风格的商场，还有许多著名的风景点。每一个地方都给我留下了深刻的印象。

　　在交流的最后三天，我们的行程就是旅游。我们跟着旅行团从台北一路玩到南部。我们的导游发扬了台湾人的热情品格，一路上给我们讲解台湾的风景和人文，我们也是听得津津有味，因为这些许多是我们之前很少听过的。我们先后去了日月潭、垦丁、鹿港小镇等景点。

碧海蓝天——垦丁的海

　　台湾的美食也让我印象非常深刻。台湾有各种各样的夜市，我先后去了士林夜市、师大夜市、逢甲夜市等。台湾的小吃种类丰富，蚵仔煎（即海蛎煎）、牛排饭、猪排饭等，味道都非常好。不得不说，台湾简直就是"吃货"的天堂。不过，吃东西也要注意场合，比如在台湾的捷运里，吃东西、喝东西是要被罚款的。而且台湾人很重视环保，吃完之后留下的垃圾不仅要扔到垃圾桶里，而且扔垃圾的时候要进行垃圾分类，一般公共场所都会摆上大大小小五六个扔不同垃圾的垃圾桶。

在游玩期间,我们接触到最多的当然是台湾人。台湾的老百姓给我的印象就是热情、善良。每次在台湾买完东西,不论街边摊上的小贩,还是商场里的店员,他们都会主动说一声"谢谢"。让我印象深刻的是一次去猫空玩,我们到了那边才知道原来周一是不开放的。于是,我们向那边的一位工作人员询问具体的开放时间,他便告诉了我们平日的开放时间。具体还有些特殊情况,他说可以去拿一份攻略给我们,但他找了半天没找到。于是,我们就说没事,我们大致已经知道了,便回去了。我们出去走了一段路后,发现有人在后面叫我们,一转头发现就是刚刚那个工作人员。原来他找到了那份攻略,特意给我们送过来,我当时真是有些感动。因为对那个工作人员来说,回答完我们的问题,理应算他完成他的工作了,可他还在我们已经离开的情况下,找到了攻略并特意为我们送过来,不得不说这位工作人员真是太热情了。反观自己在家乡遇到过的一些服务机构的人员,非但不会为你特意做额外的事,一些分内的事也爱理不理,经常是摆着一副臭脸。

茶楼,隐于山城

特色居酒屋

感悟与收获

　　这次来台湾学习交流,我学到了很多平时课本里学不到的知识,也开阔了眼界。其中,给我最直观感受的就是台湾人的人文素养之高,比如他们的耐心排队,注意保护环境,不乱扔垃圾,热情有礼,等等。我们作为 90 后,今后也应时刻注意自己的素质问题,注重自己的内涵培养,做一个新时代的守规矩的良好公民。

干净的台北公交车

难忘的台湾游学之旅

祁珈汝 （国贸 131 班）

这是第一次，离开大陆；这是第一次，来到海峡彼岸；这是第一次，我们跨越了海峡，进行心与心的沟通。

2014 年 7 月 15 日，我们告别被蒙蒙细雨包裹的宁波，抵达阳光灿烂的台北。

那么，接下来的三周，台湾你好，请多多关照。

能够跟着学校的团队来到这里是我莫大的荣幸，这段经历也注定让我永远难忘。

学海泛舟

课程的安排很紧凑，第二天一早我们便开始了此次赴台主要的行程——上课。教我们期权、期货的卓必靖老师是我个人最敬仰与敬重的老师。他的讲课方式诙谐幽默，时常带入一些相关的故事使课堂更加妙趣横生。作为国贸专业的大一学生，一开始我对期权、期货可以说是毫无概念，多亏老师合理的讲课流程让我很快能够初步理解。虽然我们对与期权交易相关的金融商品了解不多，但这并不妨碍我们对期权的认知与学习，因为我们都知道期权一定是未来金融行业的一个潜力无限的巨大市场。在卓教授生动有趣的课堂上，我们对期权种类、特性、策略规划等都有了一定的掌握与了解，我个人更是对

先生之智慧，授予桃李

此深感兴趣，对日后在这方面的发展充满期待。卓教授上课的另一个重点是

期货。在初步了解了期货的定义、种类后，我们进一步了解了台湾的本土期货与台湾发行量加权股价指数期货合约，之后又回归重点去理解、掌握期货的具体交易策略与相关案例以及相关技巧。在对期货市场风险的讲解中，卓老师引述的一个有关大宗商品大豆的案例让我记忆深刻。

在台湾期间，我们除了在卓老师引领下对期权、期货由认识到掌握之外，我们

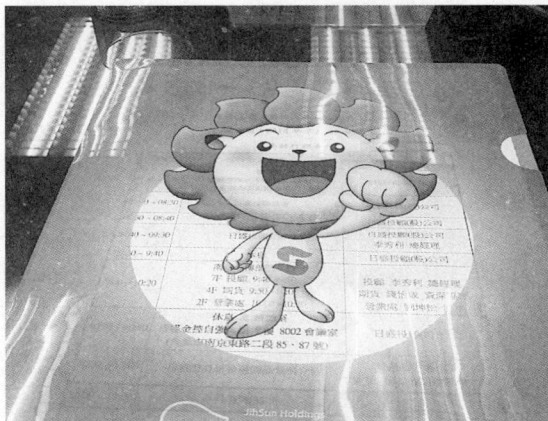

不一样的学习方式，不一样的学习氛围，但相同的是对国贸专业的热爱

还接受了工研院产经中心陈梧桐教授——落实价值创造：从市场导向开始，国泰人寿公司林纬苏教授——美国大追税，"肥咖（FATCA）""肥爸（FBAR）"知多少，以及台北大学国际企业研究所——涂登才教授的课程培训。从中，我们学到了许多之前学校尚未教授的知识，即使这些内容有许多是基础的理论知识，我们也都受益匪浅。

见贤思齐　参访感悟

在安排紧凑的课程学习过程中，我们还穿插着对许多企业进行了参访，大企业的恢宏大气让我们深深折服。我们的首到之处便是台湾老牌的日盛公司，我们还有幸参与其"一日日盛人"的活动。在日盛公司的晨会上，由总经理至各部门经理逐一开展报告总结，并对最新的经济形势进行讨论分析。在这样的会议里，我深刻反省自身，感受到自己专业知识与基础的薄弱，对晨会内容并没有理解多少。

在晨会中，我发现经理们所报告的财经信息中，许多甚至是当天早晨的新闻，这也让我真正理解到"金融是门每天都要学习的艺术"的内涵。在接下来的当日日程中，我们受到了各部门经理的热情招待，对各部门分工、合作的相关内容有了基本的认识。下午我们与公司的经理人们进行了深入交流，开展了学生与经理人们之间的座谈会，还有机会品尝到了当地最有名的 50 岚奶茶及牛轧糖饼干。经理人们的平易近人使座谈会严肃但不拘束，也使我们感受到了台湾人的友善与负责的态度。在之后几天，我们还分别参访了中租迪和公司、台湾证券交易所、永丰银行、台湾期货交易所、龙应台文化基金会等。值得一提的是，我们在期货交易所进行了模拟的期货交易，在龙应台文化基金会还受到了董事长杨泽先生的亲自接待。本次的学习实践真真正正地使我们大开眼界，感悟颇深。

游闻见知

来到台湾，旅行自然是不可缺少的。很快我们便形成了五个人的小组，利用短暂的假日穿行在台北的大街小巷、各类景区之间。我们品尝过士林美味的蚵仔煎，啜饮过 50 岚地道的珍珠奶茶；我们徜徉过西门町、信义区，感受着都市的璀璨与繁华;我们来到淡水老街,在渔人码头品味浪涛伴着远处夕阳落下;我们走过九份,看过《千与千寻》取景地如诗如画的风景;我们攀登过基隆山,在山顶聆听太平洋的兴叹……

在最后三天的行程中,我们在当地导游的带领下,绕台一周,从台北到涂登才教授的家乡苗栗,再到日月潭,以及之后的垦丁,还去了鹿港小镇。沿途风景美不胜收,令人心旷神怡。一路上,我们感受着苗栗人的热情好客,欣赏着日月潭的如画风景,呼吸着垦丁海风吹过的温柔气息,品尝着台湾各地的特色美食。这一切至今都还恍如昨日,令人流连。

台湾风景自是不必说的怡人,而台湾的人在我心中比景色更加美丽。必须说起的是我们小分队在九份时的一段幸运而难得的经历。基隆山高耸而陡峭,山路上没什么人,但为了一睹太平洋的壮阔,我们五个人还是坚持向山上前进。在亭中小憩时我们碰到一对父女,我们原本只是打个招呼,没想到三言两语间竟出乎意料地相谈甚欢。后来的行程我们结伴而行,从亭子一路到山顶,一同欣赏太平洋的波涛,一起为避开台风天湿滑的下山路而抄着只有本地人才知的平缓小径。下山后父女得知我们从台北来便主动邀请我们搭乘他们的车子返回台北。其实在人生地不熟的异乡,我一开始也担心过他们是否另有目的,但无论是第六感还是对父女的观察都告诉我不用多虑。于是我们便搭了父女的便车,沿着海岸线一同领略许多徒步无法抵达以致易被错过的美景,一起从九份慢慢驶回台北。我们从两岸的词汇、翻译差别一直聊到生活上的琐碎细节,几个小时的车程嬉笑不断,告别时我们仍意犹未尽。父女陪伴我们一路回台北本已让我们感动不已,而即将下车时我们才发现父女其实住在新北,这一路他们特地为我们绕道,还善意地隐瞒了他们的实际目的地。另外,同行伙伴的手机遗落在车上,他们也送回来了。在台湾我们遇到过许许多多友善的人,三周的生活我们几乎每天都沐浴在这样那样的幸运与感动之中。世界那么大,我们本不过是彼此擦肩而过的路人,感谢这段神奇的邂逅将我们相连。

思考与感恩

短短的三周,我的心里烙下了美好而不舍忘却的回忆。

我们在学习中汲取,在参访中收获,在旅行中感悟。在知识海洋中徜徉的同时,我坚定了学习的目标,看到了未来的希望。参访环节中亲身感受的时光让我对大型企业产生了憧憬与为之奋斗的力量。在旅行中欣赏和体会的时候，我懂得了学会友善、礼貌与学会做人的重要。台湾，这的确是一个让人流连忘返的地方。台湾，谢谢你，让我学会了那么多，让我深深喜欢上了这里。

值此机会，我由衷感谢卓必靖教授、涂登才教授、陈梧桐教授、林纬苏教授、尹超学长以及一路带我们前行的宋汉文老师、林建英老师，还有陪伴我们度过最后三天美好时光的导游先生与司机先生，以及有些我们甚至叫不上名却一直帮助我们、让我们拥有此段经历的人。

谢谢你们。

我的台北之行

邱　琦　（国贸 131 班）

　　幸运地获得了去台北大学交流学习的机会，于是，在这个暑假我们展开了激动人心的台湾之旅。宝岛台湾既快速地发展着经济，同时又传承着历史悠久的中国文化。来到台湾，我们感受到了其与大陆不同的新鲜一面，而其带给我们的那种来自故乡的熟悉感又让我们感到温暖而亲切。

　　台湾的美食在中国乃至世界都赫赫有名，舌尖上的美味通过味蕾带给每个人愉悦的心情。在课余时间，我们尽情享用着美食的盛宴。大大小小的夜市，琳琅满目的商铺，不知疲倦的夜晚……台湾就如一颗明珠释放着独一无二的光彩。

　　即使美食与美景带给我们前所未有的体验，我们也不会忘了此次旅行的初衷。能汲取到在原本的大学课堂无法接触到的知识，零距离地体验整个金融体系的运作过程，面对面地与各位大师学习、讨论，这样的机会实在是非常难得的。此次旅行的最大意义，对我来说可以概括成两个字——收获。

在台北大学的学习

　　在卓老师的课堂上，他向我们解释了期货、期权（选择权）的基本含义。还只是大一的我虽然没有很扎实的基础，甚至可以说就是白纸一张，但在卓老师思路清晰、简明易懂的讲课中，我还是能吸收、消化这些知识。期权在台湾已经得到了很好的发展，这种使买家"风险有限，获利无限"的投资方式，是除了股票、债券以外的一种很好的选择。更重要的是大陆在发展期权的时候可以借鉴台湾发展的经验，这可以让该领域的发展更健康，少走弯路。

影响期权价格的因素是多方面的，期权价格包含内含价值和时间价值。可以列在如下表中：

影响因素	涨权权利金	跌权权利金
资产价格(↑)	↑	↓
行权价格(↑)	↓	↑
波动率(↑)	↑	↑
距到期日的时间(↑)	↑	↑
利率(↑)	↑	↑

由上表可知，投资期权虽然有很多优势，但同样有一定的风险。在选择投资期权的时候，我们要多方面考虑各种影响因素，不能简单分析。

另外，卓老师在课堂上结合文字和图表向我们展示了各种期权的组合策略，复杂难懂的图表在老师的解释下也变得容易理解起来。这类专业的知识让我明白自己平时的学习没有深入，总是在表面做功夫，然而只有深入下去，才能学到知识的精髓。

涂老师在课堂上向我们介绍了金融海啸的背景及可以让我们反思的地方，让我们明白了如果能好好利用过去的经历，就有可能预测未来甚至解决未来发生的问题。在分析股市时，我们不能把目光放得太短浅，只关注你所投资的单个股票，关注大环境和大趋势是十分重要的。在分析的方法上，我们可以采用 TA(技术分析)和 FA(基础分析)，看准市场，不能草率做出决定，学会去预测和评估利弊是十分重要的。

另外，涂老师不仅给我们讲了一些金融的理论知识，还教了我们一些实务经验，教我们如何去合理理财。我们都知道，随着社会的发展，理财越来越重要，钱生钱是我们能提高生活水平的一种极其重要的方式。他给了我们一些理财建议，如：保本前先要保值，把钱一股脑全放在银行存成定期存款的方式已经行不通了，我们要考虑通货膨胀等因素，合理进行资产配置；开源节流一起管理;发挥时间的复利效果,投资要趁早;养成定期、定额投资的习惯,拿到的收入要先减掉投资的金额,剩下的再拿去消费。这些理财的建议非常实用,使我们得到很多启示,受益匪浅。

实地参访各大公司和机构

这次的交流学习给了我们很多理论知识,但让我印象最深、收获最大的是参访日盛公司的经历。脱离书本,当我们真正走进这家台湾最资深的证券公司,去零距离地观察他们公司业务的办理过程时,这种体验是美妙的。一大早,我们就和专业的证券研究人员共同开晨会,听他们对最新信息的专业市场分析。总经理李秀利对晨会做出总结并告诉我们要对自己说 yes,要抓住机遇。整个公司的节奏是十分紧张的,晨会一结束每个人都纷纷各司其职,专心地分析研究第一时间的信息以便做出最专业正确的决定,捍卫客户的权益。参观了各部门后,我们感觉证券公司对我们来说不再那么遥远神秘,我也体会到了每个人在自己的工作岗位上认真、积极、负责的工作态度才是日盛公司能一步步走到今天的关键。

在日盛做一日日盛人,带给我们的是无限的收获。在这一天最后的座谈会上,我们与各专业人士进行了交流。尽管我们提出的一些问题并不是他们的专业所长,不过各位专家都认真进行了解答,他们巨大的知识储备量与良好的沟通能力都是我们追求的目标。在整个座谈会上,氛围是和谐轻松的,专家回答时经常开些玩笑,显得和蔼亲切,时间也在不知不觉中悄悄流逝。虽然我们还有很多想要请教的问题,可时间已晚,这一日的日盛之旅只能告一段落,每个人都意犹未尽。

我们还参观了中租迪和股份有限公司。首先,中租迪和公司的工作环境让我印象深刻。以"海"为主题的办公室、全球统一的装修风格、舒适的工作氛围都让我爱上了这家公司。一楼的大厅供职工们休息聊天,还有五星级大厨准备的早餐,墙上挂着公司员工的画作……这一切营造出来的氛围让这家公司不再死板。这种优秀的企业文化可能是大陆很多公司缺少的。在工作人员的热情讲解下,我们了解了公司的主要营业范围,我们也了解到在全球经济有点下滑甚至萧条的情况下,像中租迪和这样的租赁公司给了中小型企业很多生存与发展的机会。但同时,这也考验了租赁公司对企业的评估能力,而正确地对企业进行评估需要做好方方面面,包括十分细致、全面的工作,着实不易。

座谈会上我们和亲切的专家交流

另外,我们了解到中租迪和公司近期在慈善事业上有很大投资,一个企业能做到回报社会,我觉得这是值得尊敬与学习的。

在参访永丰银行的过程中,我们看到了很奇特的一幕。区别于大陆几乎完全密封的柜台设计,台湾的银行柜台开放得多,没有厚重的玻璃隔挡。另外,每个柜台前都没有椅子。一开始,我们都感到很疑惑,在工作人员的解释下,我们理解了银行的做法。不设置椅子是为了提高银行柜员的办事效率,看着顾客在前面站着,任谁都会加快手上的动作。这种设计让银行的办事效率大大提高,是很特别的理念。

此外,我们还参访了台湾期货交易所、龙应台文化基金会等,每一个参访地都让我们学到了很多,感悟了很多。我们也很感谢每个热心的工作人员能为我们耐心地进行讲解并热情款待我们。

领略台湾的风土人情

我们课余的生活特别丰富,有充足的时间去领略台湾的美丽风情。来到远近闻名的士林夜市,看着人潮涌动,各种美食散发着诱人的香气,实惠的价格搭配超大的分量,台湾人果然特别实诚。在台湾有一个我不太习惯的也是平时我没有做好的地方,那就是大部分台湾人不管吃什么都会吃完不浪费,这是对提供食物的人的尊敬,也是对食物、对自然的尊敬。另外,满是小摊点的士林夜市街上却没有垃圾,每个人都会把垃圾拿在手里,找到垃圾桶才丢掉,这样的环保意识值得我们学习。

双休日，我们来到了淡水，逛逛有味道的老街，赶着太阳落山的时刻乘船来到美丽的渔人码头。在观看落日最棒的地方，早已挤满了人，大家手里拿着各种摄影器材，我们也不例外地加入其中。随着时间的推移，圆圆的太阳渐渐懒洋洋地下山，天空被染上了耀眼的红。看着太阳渐渐沉入海平面，看着天空由白变红又变紫，我想说，这样的等待非常值得。

看了海，不能不爬山。隔天我们就打算去九份逛一逛，不巧的是我们不小心坐过了站，来到了金瓜石。没有做任何旅行攻略的我们以为这次只能徒劳而归了，结果遇上了当地的好心人。好心的叔叔开车带我们上了山，来到了山顶。看着远处蓝蓝的天与海，心中只有一片宁静。在台湾旅行充满了趣味，无论是怎么样的开始，只要保持乐观向上的心态，就一定会有好的结果。

台湾的风景固然很美，但敌不上台湾的人美、人心之美。第一次来到台湾，我们不知道怎么坐捷运，不知道该往哪里走，全程都是靠好心的路人帮助。他们没有一个人会觉得不耐烦，反而担心你听不懂而走错，给你再三解释，给你画图，甚至带你前往。在九份的那次旅行中，更是多亏了好心人的帮助，我们才能欣赏到那么美丽的风景。台湾人不仅热心，还特别守纪律，自动扶梯永远都形成左右两列，左边供有急事的人快走，右边供人站立；等待捷运到来时

渔人码头绚丽的晚霞

每个人都自觉地排队；捷运里没有人吃东西、喝饮料；无论是在人再多的捷运里，爱心座位永远是空出来给有需要的人坐的……这些给了我们很多启示，让我们多多反思，不断提高自己的个人素养。

感悟与收获

在这段时间的学习中，我不断地感到自己知识量以及实战经验的缺乏，也感到每个老师不仅在理论和实践上有杰出成就，他们对所处行业的职业热情更是可贵的。在台湾学习到的这些丰富的知识还需要我们好好去消化，让这些知识能真正用到实务上去，从而让这次旅行更充满意义。台湾，美丽的宝岛，热情的同胞，都将以最美好的记忆留存在我脑海中。

收获与成长

邵佳培 （金融 123 班）

本次暑假交流研习营历时三周，从 7 月 15 日至 8 月 5 日。在这些天里，我们有学习安排，有参访交流，也有课余时间自己结队出去进行的日常活动。回想这三周，我们忙碌却收获着，辛苦也快乐着，个人感觉还是值得的。不仅在学习上有强大的教授团队悉心指导，让我们涉猎了不少以前没有接触过的知识，而且我们还参访了不同的地方，如交易所、基金会，不同的地方有截然不同的文化内涵，扩展了我的知识面。令我印象深刻的还有台北的各种小吃，造型不同，味道各异，我终于吃到了正宗的台湾小吃。

我们在这里汲取知识的精华

卓必靖教授带我们汲取了有关期权策略方面的知识，是授课时间最长的教授。卓教授在上课前了解了我们对期权方面知识的熟悉程度，得知绝大多数人都未深入接触过期权时，他从期权的定义、特点开始讲起，浅论期权市场的参与者（即做市商），从期权与现货、期货的投资模式差异比较指出影响期权价格的因素，最后讲解了期权的策略规划以及交易实例。以预售屋为例，预售屋付定金即有所有权，若预售价为 2000 万，定金为 10 万，作为自用时，不管市值如何，都按合约规定的价格支付。但当其作为投资并使用期权工具时，行情有利时履行合约，行情不好时也可以不履行合约，最多只赔 10 万，所以期权作为投资来说弹性较大。在期权市场做买方，"风险有限，收益无限"，但买方做期权又会赔上时间价值。听到这里，我顿时觉得期权市场十分有趣，很想自己也体验一把。几天的课程学习之后，我对期权有了大概的了解，这也为以后的学习做了铺垫。

在另一堂课，林纬苏先生深入浅出地剖析了"肥咖""肥爸"法案。"肥咖""肥爸"法案源自美国的大追税。"肥咖"法案要求美国以外的金融机构将符合法案要求

这里有很多梦想

的人员资料主动上报给美国国税局，例如美国公民、绿卡持有者、在美停留超过一定天数的人等。"肥咖""肥爸"法案刚出台不久，林先生就开始研究了，并花了几年时间阅读相关书籍，整理出了一个完整的框架，再将其传授给我们。其实"肥咖""肥爸"法案十分重要，是用来追查海外账户的。不少美国公民、绿卡持有者和在美停留超过一定天数的人在申报所得税时，都会忘记申报自己的海外账户，一旦被查到后，将被扣除当年度最高余额的一部分，还将被往前追税若干年。当初的疏忽，让不少人因为这个法案负债累累。林先生告诉了我们这个最新的动态，我们了解后也可以提醒周遭的亲朋好友，以免造成不必要的损失。但是这法案才施行不久，我们还要对其具体实施情况做一个观望。

涂登才教授在理财规划方面对我们提了建议。第一，保本前要先保值，要学会资产配置。第二，节流与开源要一起管理。节流是节省开支，并通过保险规划降低不确定的巨大损失。开源则分为以人赚钱（增加专业知识）和以钱赚钱（通过财务规划，善用时间价值）。第三，减少非固定支出。不合理的消费习惯的养成是贫穷的开始。第四，发挥时间的复利效果和养成定期投资的习惯……一天课下来，我们也是受益匪浅。

陈梧桐教授带我们涉足创意学领域。创意学首先要打破思想框架，而后进行脑力激荡，赶快修正任何可能出错的地方并且发动创新引擎。在课上，陈教授不仅是单纯的授课，还引导我们积极思考，例如在课上我们有许多小组讨论：知识、技能、态度哪个更重要？桌子和椅子哪个更有创造力？最后在市场潜量方面，各小组还进行了比例计算练习。

我们在这里领略经济的风采

我们第一个参访的地方是日盛公司,那天我们早早起床参加了公司的晨会。会上,各部门的代表都依据现实的经济现象对自己所追踪的部分做了分析报告和对今后的预测,而后我们又在日盛进行了新金融商品业务和期货等方面的课程学习,度过了充实的一天。

之后我们还参访了期货业商业同业公会、证券交易所、永丰银行、期货交易所、龙应台文化基金会等。期货业商业同业公会是期货业自律性组织,为非营利性机构。公会的陈组长解答了我们很多问题,也分享了自己的从业经历。

在永丰银行的参访中,最让我印象深刻的是永丰银行的理念。永丰银行跟其他的银行不一样,他们会帮助资金紧张

去日盛公司参观

的中小企业,只要银行觉得这个企业是有潜力的,在未来会有很好的前途的。永丰银行不像很多其他银行,在中小企业资金紧张时"落井下石",虽然那些银行的某些做法对银行来说是为了自己考虑,但在另一方面却加重了企业的负担,可能原本经营得还不错的公司就是因为银行的突然撤资而破产倒闭。永丰银行的营业网点内也布置得十分人性化,有沙发可倚靠,音乐轻柔,还放着一些玉器供人观赏,感觉整体的节奏一下子慢了下来。

我们在这里感受人文与风情

在台北的十几天中,我们可以算是把台北周边跑遍了,北投、三峡、淡水、九份、野柳。我们还在搭捷运的时候盖章留念,我们搭过的捷运线有文湖线、新庄线、南港线、淡水线等。在淡水,我们穿过淡水老街,去了红毛城、红叶小

镇,那里有清朝时期英国领事官邸的遗址,我们在店铺里买了几张明信片寄出,寄到了不同的地方。在北投,我们去了温泉博物馆。从士林夜市、饶河夜市,到台北故宫博物院和黄金博物馆,从西门町到星光三越、诚品书店,更不用说渔人码头、情人桥,这些地方都留下了我们的足迹。但我们最熟悉的还是7-Eleven、屈臣氏、康是美等便利店、药妆店。最后几天我们还南下去了台中、台南,在涂教授家采枣,搭船游览日月潭,在垦丁去了鹅銮鼻灯塔、猫鼻头,之后看海、逛夜市。从垦丁返回台北的路上,我们还去了鹿港享用午餐……

红毛城留影

台湾的人民都十分热情。有时候我们初到一个地方,分不清东南西北,不知道自己的目的地怎么走,问路时都会得到很满意的答复。当地人为我们指路,有的还特地带我们过去。我们有时候在闲逛时碰到陌生人,大家也可以随意聊上几句。让我记忆犹新的是便利店的工作人员,他们都会在顾客进门时热情大方地说一声"早安"或者是"午安"等,当我们结账后,工作人员还会说声"谢谢",让人觉得十分温馨。值得一提的是,连不少公交车驾驶员也懂英文,能顺利地和外国人对话,知道他们要去哪里。另外,捷运站里人们也非常守秩序。我觉得这些体现了台湾的人文素养氛围,他们的热情和礼貌值得我们学习。

台北捷运站

我们在这里收获感悟的果实

虽然本次的交流研习活动已经结束,但我们从中学到的知识还在一步步被吸收和升华。很感谢台北大学商学院一路上对我们的包容照顾,他们为我们这次交流活动付出了很多;感谢涂登才教授的一路陪伴;感谢卓教授为我们讲解期货、期权,拓宽我们的知识面;感谢林纬苏先生深入浅出带我们了解"肥爸""肥咖"法案;感谢陈梧桐先生让我们知道从灵感到包装成产品上市的不容易。还记得林纬苏先生说的一句话:"发生在别人身上的是故事,听故事不要钱;但发生在自己身上的叫事故,处理事故需要钱。"

通过对日盛和中租迪和的参访,我基本了解了公司的运作。日盛的晨会让我受益良多——对某一领域的钻研分析不能完整把握市场动态,对各个领域综合考虑,才能更好地把握市场动向。这也给了我一定的压力,学经济不是学好课本知识就行,还要积极了解现实行业中发生的各种事情。

教授们除了传授知识,还关心我们的日常生活,不仅积极推荐台湾的游玩去处,还会跟我们分享他们的生活,让我们的台湾之旅更加丰富多彩。例如,卓教授在跟我们一起吃饭的时候告诉了我们其母亲自身经历过的骗局,让我们在平时生活中也要时刻注意。卓教授不仅是我们的良师,更是我们的益友。又例如,涂登才教授热情邀请我们去他家采红枣,还开玩笑说谁采的红枣少,谁的分数就不合格,其实教授只是想调动我们的积极性,不要跟他客气。在涂教授家,我们还品尝了红枣茶,茶的香气很浓、味道很甜。

　　希望下次还有类似的交流活动,让更多的同学从中获益。

创意无限

有一种记忆难以忘怀

沈小燕 （国投 121 班）

台北初印象

六月时还怀着忐忑的尝试心情投出那一份交流申请书的我，在三个月以后竟坐在宁波理工学院的宿舍里一字一字地敲出前不久的台湾游学感受，这真是我之前从未想过的。

台北街景

依稀记得自己为等待赴台手续的办理而焦虑的心情,记得带队老师为了我们奔波和操劳,记得卓必靖教授的期权策略"天龙八部",记得林纬苏老师的美国大追税,记得涂登才教授告诉我们的学习方式,记得陈老师的创意创新,也还记得证券公司、期货业商业同业公会的热情交流。

从7月15日到8月5日这短短三周的时间里,在这异乡的土地上我们收获了很多也改变了很多。所有的知识将化作我们在日后的学习和生活中最好的财富。

知识积累

在台北大学暑期研习营的这段学习时间里,课堂上我积极发言,与老师互动,多次提出对知识点的疑问。我从各位老师的身上学到了许多宝贵的知识。

我学习了卓必靖教授的期权策略"天龙八部"。通过卓老师的课,我懂得了期权、期货的区别:期货是现在进行买卖,可以是金融工具,还可以是金融指标。交收期货的日子可以是一星期之后,一个月之后,三个月之后,甚至一年之后。而期权又称为选择权,是在期货的基础上产生的一种衍生性金融工具。从其本质上讲,期权实质上是在金融领域中将权利和义务分开进行定价,使得权利的受让人在规定时间内对于是否进行交易做出选择,行使其权利,而义务方必须履行。我们知道影响期权价格的因素有资产价格、行权价格、到期时间、波动率、利率,卓教授通过分析这些因素对期权价格的影响,推出期权的定价模型,从而让我们更好地明白期权交易策略原则。同时,教授又结合实务操作,对买进涨权、卖出跌权的期权交易策略进行了实例分析。最后,教授对期权的策略规划进行了拓展。经过卓教授讲课,我们对期权、期货有了更好的了解。

林纬苏老师讲了他的最新研究成果——美国大追税"肥咖(FATCA)""肥爸(FBAR)"法案。他幽默风趣地介绍了"肥咖(FATCA)""肥爸(FBAR)"的定义,同时通过讲述美国政府追查美国公民、绿卡持有人等相关人员海外资产的手段,对美国人调侃了一番。虽然"肥咖""肥爸"法案直接针对美国本土以外的金融机构,但是追税对象是利用海外账户逃税漏税的美国居民。林老师还着重讲述了"肥爸"的惩罚力度,老师讲得深入浅出,我们听了更是留下深刻印象。

涂登才教授是台湾金融学界的泰斗,但是上起课来却没有一点架子,他以他丰富的阅历向我们传授如何自主学习、如何在外生活的经验。他的观点值得我们尊敬和学习。大学的学习或者之后的学习，要自己操作和学习，从理论上学习的东西永远不是自己的，要结合个人实际的摸索，才可能达到事半功倍的效果。也许这才是学术大师的授课方式，教授的不仅是知识，更是人生。

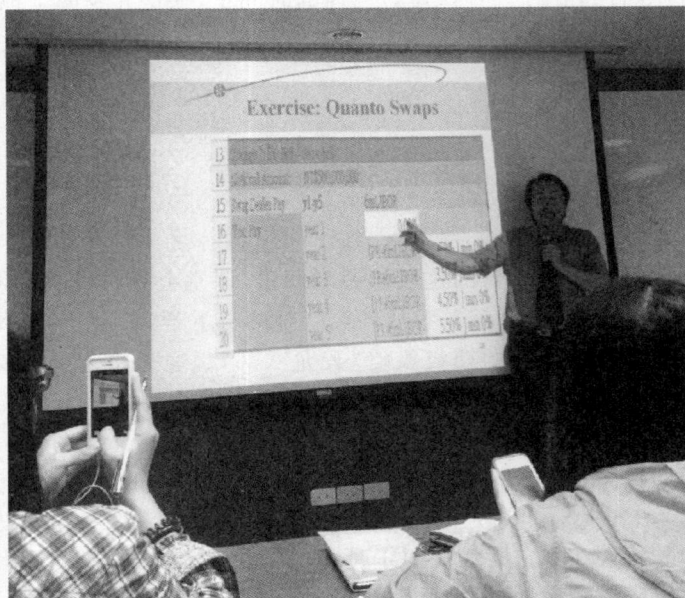

学术交流

初探职场

我们来台湾不仅要学习他们的教育方法和知识，更要学习台湾当地企业、公司里的职场本领。

2014年7月21日，我们成为"一日日盛人"，在日盛公司进行了我们第一天的"职场生活"。由于要开晨会，必须7点30分报到，这对于我们来说实在有点早，因为我们就连早上8点钟的课，都会抱怨不合理。可是那天，看到早早就到场的员工们，看着这些金融强手一个个汇报，那一刻，我终于明白，职场永远不是儿戏，它关乎着你自己的责任甚至你的理想。一小时左右的晨会，也许每一个职工只能进行几分钟的陈述，可是我相信这发言背后也许是一整夜

的收集和整理。一个国家的强大与
否，不仅要看它是否有像比干那样的
忠臣，还要看是否有一个贤明勤奋的
君主，公司亦如此。日盛公司的总经
理是一位女性，是一个女强人，她的身
上有着和许多成功人士一样的故事：
从底层开始，一步一步做到现在的位
置。但是她却用一个故事、一句话书
写了不一样的成功："不要计较，多做
不是伤害，是给我机会，要抓住。"这也
是我以后甚至毕生都该谨记的话。

去中租迪和公司参观

　　之后我们参观了几家证券、期货、
租赁公司、机构，我们学到的不仅是专
业知识，更是将来进入职场之后该有
的工作态度：认真严谨。同时我也被
他们的企业文化深深吸引。让我印象
最深刻的就是中租迪和股份有限公司，从公司大楼的设计到公司职员的培训，
都是值得赞扬的。中租迪和的一位主管说，他们公司需要充满热情的人，对工
作热情，对生活热情。同时公司给员工的福利待遇也是很好的，这点从公司的
氛围和公司设计的员工休息场所都可以看出，中租迪和通过提高福利待遇实
现了双赢，这是许多公司所该学习的地方。

　　我们参访的最后一站是龙应台文化基金会。我们讨论了两岸的文化，又
从龙应台本人的作品《目送》《孩子你慢慢来》谈到她的基金会发展理念。我发
现自己可以做的事情其实有很多很多，正应古人的话"穷则独善其身，达则兼
济天下"，我们的一生不应只独善自己，还要怀有博大的胸怀。

骄阳后的收获

　　在这段时间里，独立生活、为人处事、一系列的准备工作和赴台后的日程
安排都在无形中锻炼了我们，使我们与老师之间的交流、同学之间的交流，还
有如何应对各种困难的能力都有了一定的加强。同时通过这次交流，我们互
相帮助，互相合作，结下了深厚的友谊。

我认为，这次交流活动是十分有意义的。不管是台北大学的工作人员、教授，还是各公司的职员都非常热情地接待我们，对我们的问题一一进行回答。虽然现在的我们还是一只只羽翼未丰的小鸟，但我相信之后的我们会慢慢强大起来。只有知道自己的不足，才会成长。通过此次交流，我们不再只是窝在象牙塔里啃书，我们可以和大师级的人物交流，可以和一些金融行业的大型公司交流，我想这是我们在书本里学不到的。

机场，依依惜别

总之，这次赴台交流活动达到了预期的目的，我们较为圆满地完成了交流的任务。感谢对方学校周到的安排，感谢带队老师的亲切关怀。我们在这次交流中受益良多，我相信这是我们一生难忘的财富。

台北大学游学掠影

寿赵萍 （国贸 131 班）

这次很高兴能去台北大学参加暑期交流学习项目,在这次的交流中我们互相学习,取长补短,获得了很多收获。

因为手续的关系,出发时间比原来预定的晚了半个月。抵达时我的紧张、兴奋又不知所措,马上被来迎接我们的老师给缓解了。老师很热情,让我对台湾人产生了热心、有礼的初印象。

美丽的台北大学

刚到达台湾的时候,那里的氛围就吸引了我。在机场,虽然人非常多,但似乎并没有太多的拥挤与吵闹情况;出租车也是井然有序,司机都穿着统一的服装,挂着证件。好奇了一路,我们不知不觉到达了入住的宿舍。

宿舍环境很安静,庭院里高大的树木见证着这个学校的一点一滴,看起来这是非常适合学习的地方。很快,我们购齐了生活必需品,而来台湾的第一天也就此落下帷幕。

畅游知识的海洋

台北大学的教授为我们安排了丰富的学习、参观课程。卓教授毫无保留地讲授他对期权的研究,林教授的税务知识讲得幽默而生动,涂教授对于投资理财独到的见解让我在课堂上也能了解外面世界的动态。

课程中我学到了很多知识。我第一次接触到了期权,知道了期权是买卖双方约定的合约,合约的买方有权利,但无义务,在未来特定日(或之前)以约定的价格买进或卖出约定数量的商品或证券。期权的种类有欧式、美式,其差别是美式权利可以在到期前任何一天行使,而欧式则只能在到期的那一天行使。我又知道了涨权看涨,在合约到期前,以约定价格买进或卖出,约定标的物看涨之权利;跌权看跌,在合约到期前,以约定价格卖出或买进,约定标的物看跌之权利。期权类似保险,因为权利金(保险金)是买方(投保人)交易时可能的最大损失。在课程的学习中,我们还了解到了期权杠杆操作及损失有限的特性。期权是一个很有趣的东西,老师的授课方式很轻松,让我对期权杠杆操作及损失有限的特性充满了兴趣,在今后的学习生涯中我将会慢慢领会

台北大学校园

其奥妙。

对于税务，一直以来我对其只是听说却并没有机会接触，这次的台湾之行，我真的学到了很多东西，惊喜万分。报税是国民应尽的义务，查税是税务局应有的权利。在对"美国大追税"的学习中，我知道了美国追税的对象是利用海外账户逃税、漏税的美国税务居民。很少有人知道的"肥咖""肥爸"法案，给我们带来不少启发。我们学到的还有创意学，这个第一次听到的词语包含着无限的知识。基本上，创造力中约有三分之一靠的是基因天赋，约有三分之二是透过学习取得的。创造力是能够以新的或是不同的方法看待事物，或是某种能够提出构想或据以制造不同事物的特质或能力；任何点子都可以使创造力得以表达，但若是要创新，必须要有经济价值。创新是将创意转换成市场成功的商品或服务，从顾客的角度来讲，就是有新奇性、好处，而从公司的角度来讲，就是有利润与品牌价值。创新就是创造价值。作为大学生的我，不仅要懂得理论知识，更要有敢于创新的头脑。

学习经济、金融的一个重要目的就是理财，空有一肚墨水却不懂得实践是很可悲的。理财规划的基本观念是：（1）保本前先保值：要考虑到通货膨胀的因素，不能把所有资产都存成定期存款；（2）节流、开源一起管理：节流账户节省开支、透过保险规划降低不确定的巨大损失，开源账户以人赚钱、以钱赚钱；（3）培养记账的习惯：根据固定支出、非固定支出、固定收入、非固定收入四大类分门别类记账，减少非固定支出，不合理的消费习惯的养成是贫穷的开始；（4）慎选理财工具；（5）发挥时间的复利效果；（6）养成定期定额投资的习惯，薪水扣掉理财规划资金后才是可支配所得；资产配置的原则即不要把所有鸡蛋放在一个篮子里；（7）30～60岁是累积财富的最好时期。1～30岁（不自由时代）是求学及专业技能学习阶段，没钱累积财富；30～60岁（自由、自主时代）是积累财富

仰望台北101大楼

黄金期,须做好财富管理;60岁以后(不自主时代)则面临退休,工作能力、体力大不如前,收入减少,出现医疗开销增加等情况。循着这些,我想我一定可以有很好的理财基础。

学习的时间总是过得那么快,我虽然学到了很多,但总感觉自己不知道的东西越来越多。涂教授的课程深深吸引着我:有钱人靠资产产生收益,穷人靠工作产生收入;有钱人想怎么赚钱,穷人想怎么花钱。短短两句,简单却又精辟,不仅适用于我们的经济学学习过程,更能在我们的生活中产生极大的影响。

亲身实践，切身体会

交流学习不仅仅局限于课堂知识的学习,还包括实地参观当地证券公司。日盛是台湾最早成立的证券公司之一,有着全台最雄厚的人才资源与实战经验。我们很幸运,有机会当了一天日盛人,从参加他们的晨会到参观各部门的运作,并且和公司最精英的主管有面对面交流的机会。他们对于我们的提问都发表了自己最专业的回答与分析,这是在教室、课本里很难了解到的。我也了解到,步入社会并不像我们想象得那么容易,工作后,早起、加班、熬夜都是家常便饭,在实现人生目标的过程中,必须要付出很多,那么梦想才会越来越近。日盛总经理的话深深打动了我:要勇于"say yes"。人生的机会都是自己争取来的,机会来临时,不要想自己是不是吃亏了,当你抓住这个机会的时候,你已经得到了通往成功的门票。

除此之外,我们还参观了中租迪和公司,了解了租赁业——这个对我来说非常陌生的行业的发展以及该公司的发展状况,而该公司的工作氛围也深深吸引着我。在如今社会普遍紧张的工作环境下,中租迪和的员工在辛苦工作的同时也享受着公司带来的舒适的休息环境,以及富有设计感的办公环境,这或许是另一种独特的创新,缓解了员工的高强度工作的压力,同时还让他们感受到公司就是家。

我们的行程并不局限于此。参访期货业商业同业公会、证券交易所、期货交易所以及龙应台文化基金会,都让我对金融行业有了更深一步的了解。而永丰银行的参观则让我看到了台湾银行的不一样之处,如柜台设置、网点氛围等。

我们还参观了台北大学的校园,并且有机会与其商学院的院长面对面沟通交流;他们回答我们的各种疑问,我们也让他们知道了大陆发展的一些情况;看到他们浓浓的好奇心,我们有一种自豪感。我们的沟通和交流都没有太大的障碍,没有年龄限制,没有老师必须教育学生的规定,我们通过学习知识,开阔眼界。

融入美丽的宝岛台湾

　　行程的最后几天,我们跟着当地导游,领略了宝岛台湾的风姿。日月潭碧绿的潭水,即使有些后期人工开发的痕迹,也能让人感受到大自然最原始的气息。垦丁迷人的海景,蔚蓝的海水一望无际,翻卷着白色的浪花,水天相接;海边成片的珊瑚礁,更是让我们惊叹大自然的鬼斧神工。台中著名的逢甲夜市,格外热闹。最令人难忘的是邵人的文化,包括其语言、歌舞、饮食等。这个人口不多的部落,有着他们独特的文化,让我深深着迷。只是短短三天,不能尽情享受这美丽小岛的风景,但一路上,美景迷人,人更迷人。旅行的意义在于:随意走,看到的是风土人情,而不是景点。在学习交流的同时旅行,是填满自己生命空缺的过程,我经历过了,很满足,很开心,很充实。

情系台湾,回首再相聚

　　这次台湾之行,不是跟随旅游团的到此一游,因此我有足够多的时间去了解和感受其风土人情。

　　虽然刚到台湾时我已经知道了当地人的有序、文明,但我只是知道了冰山一角。台湾人民遵守着"垃圾不落地"的观念。在台湾的大街小巷,不管是高楼林立的台北市中心,还是人潮拥挤的夜市、小吃街,在地上,除了树叶,没有一丝垃圾的影子。下班高峰时期,到处都是匆匆的人群,赶着回去,他们却依旧有序地站在自动扶梯右侧,左侧的通道永远是为匆忙赶路的人开放的。等候捷运时他们也是井然有序地排着队。其实,对于一个社会

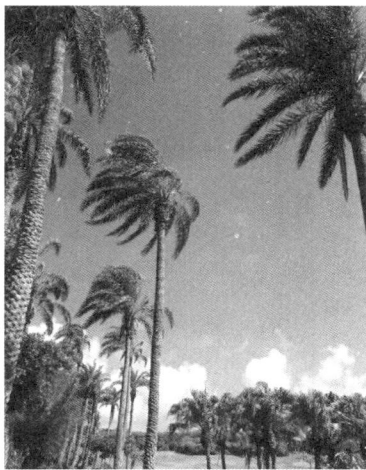

迷人的风景

而言，这一切并不难，环境真的很能影响个人。作为新一代的大学生，我们更应该从小事做起，才能展现出属于我们的魅力。我想，青春是用来吃苦的。有人说："当你不去旅行，不去冒险，不去拼一份奖学金，不过没试过的生活，而整天挂着 QQ，刷着微博，逛着淘宝，玩着网游，干着 80 岁老人都能做的事，你要青春干什么？"在经历过风吹雨打之后，你也许会满是伤痕，但是你依然站立在前进的路上，永远向前，那么你就应该欣慰了。

　　三周的台湾之行随着飞机的起飞开始，也随着飞机的降落结束，心里有很多舍不得，但我们还有属于我们自己的一片天要去闯。我相信，所有的风雨会在彩虹出现的那一刻变得宁静起来，我们的未来也会在不断拼搏、无数次跌倒、无数次爬起之后迎来崭新的一切。

在台湾游学的日子

孙佩红 （国投 121 班）

在很久以前，我就对宝岛台湾充满了好奇，早就知道这个中国第一大岛上山清水秀，盛产蔬果，气候四季宜人，养育了众多俊男美女，再加上台湾偶像剧、家庭伦理剧等方面的影视作品在大陆的风靡，我对这个岛屿的向往早已累积到了一定程度。这次终于有机会，我参加了学院暑期交流的项目，踏上了这片心中向往的土地。

我们到了台湾后就住进了台北大学的宿舍。参天的大树，带点陈旧感的宿舍以及宿舍外停着的一排排的摩托车，本地人文气息扑面而来。

在本次长达三周的暑期研习中，我不仅了解到了台湾的人文文化，而且学习到了许多金融方面的知识。台湾的老师更偏向于实践教学，把知识点和一些生活中的案例结合起来，便于我们的理解和应用。

台北大学宿舍

畅游知识的海洋

我们的两位主要讲师是卓必靖老师和林纬苏老师,他们分别教授了我们许多关于期权、期货和"肥咖(FATCA)""肥爸(FBAR)"法案方面的知识。

先来说说期权。何为期权?卓老师给我们讲解道:期权是类似于保险的交易。若有汽车盗窃险(期权之标的、类型、履行条件/价格)之需求,买(投保人)、卖(保险公司)双方现在先约定于未来特定时点(到期日、保险/期权有效时间),以签约当时约定之价格及数量规格等条件交易,买方仅需支付保险金(权利金,取得合约所约定要求执行之权利),保险金是买方交易时可能的最大损失,风险有限;卖方则收取保险金(权利金,取得合约所约定配合履行之义务),保险金是卖方交易时可能的最大利润,获利有限。双方可买卖约定标的之保险合约,买方可选择到期时若对自己有利则依交易约定条件选择要求执行合约之权利,对自己不利时则放弃依交易约定条件选择要求执行合约之权利(损失保险金/权利金);未到期时,若对自己有利,投资人也可选择将合约脱手转让,赚取差价。

综上所述,期权是一种买卖双方约定的合约,是在期货基础上产生的一种衍生工具。买方支付一定金额(权利金),取得合约所约定的权利。合约的买方有权利,但无义务,在未来特定日(或之前),以约定价格买入或卖出约定数量的商品或证券;卖方收取权利金,但须于买方要求执行合约所约定的权利时履行义务。买方支付权利金,取得要求履行契约之权利,卖方取得权利金,但负担履行合约之义务。

期权的合约内容由四个方面来约定:类型(涨权或跌权)、标的(指数、现货、期货、股票、资产……)、到期日、行权价格。

影响期权价格的因素有:行权价格、资产价格、距到期日的时间、股价波动率和利率。

行权价格越低,涨权价值越高:行权价格越低,表示未来资产价格超过行权价格的可能性越高,涨权获利的可能性也越高,因此涨权价值较大,反之则越低。

资产价格越低,涨权价值越高:资产价格越高,表示未来资产价格超过行权价格的可能性也越大,涨权获利的可能性也越高,因此涨权价值较大,反之则越低。

距到期日的时间越长,涨权价值越高:距离到期日越久,股票变动的空间也越大,涨权获利的可能性也越高,因此涨权价值较大,反之则越低。

股价波动率大,涨权价值越高:股价波动率大,表示未来股价上涨的可能性越高,涨权获利的可能性也越高,因此涨权价值较大,反之则越低。

利率越高,涨权价值越高,反之则越低。(在这五项因素中,利率对期权价值的影响最不明显。)

而期权又在不断的衍生发展中,还出现了"恐慌指数(VIX)"。VIX指数(波动率指数,Volatility Index)的概念是由芝加哥期权交易所(CBOE)于1993年推出的,又被称为"投资人恐慌指标"。由于可具体反映投资人心理的变化,代表对未来股价指数波动度的预期,VIX指数常被用来当作判断市场方向的交易及避险指针。

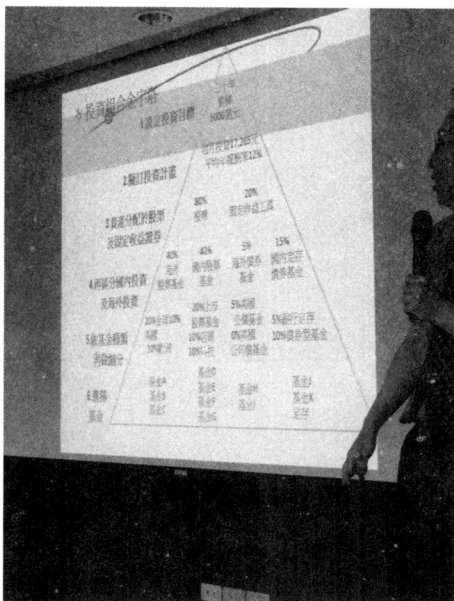

在台北大学与老师进行学术交流

再来说说"肥咖"法案。"肥咖"法案的条款是美国在2014年7月1日开始正式实施的,建立在1970年"肥爸"基础上,针对金融机构,美国追查海外资产的重要条款。其追税的对象为利用海外账户逃税漏税的美国公民、绿卡持有者、在美国居住加权天数超过一定天数者。"肥咖"法案规定:全球金融机构应提供美籍或经常往来美国人士的收入、所得、资本利得等账户信息给美国税务局,以供查税。

这项法案的推出,在全球都造成了极大的影响,它使许多想要获得美国国籍的人士停下步伐观望,也给许多抱有侥幸心态的将资产转移海外的美国纳税人士以当头一棒,使许多富豪们背负巨额罚款,甚至面临更严重的惩罚。

亲身实践,切身体会

我们的团队还在暑期研习中参访了证券机构、银行、租赁公司等。给我印象最深的是日盛公司,这也是我们参访的第一家公司。

老实说,在过去的人生中,我参访的公司一个手就数得过来,这就不怪我各种紧张了。特别是跟队的辅导员还说有互动提问环节,我真怕到时候冷场或提出肤浅的问题,丢大家的脸。还好结果比想象中的好。

刚到公司楼下就有热心的保安大叔为我们指明参访的楼层,使我们顺利与接待员会合。在接待员告知我们行程后,我们很荣幸地参加了日盛公司的晨会。在晨会中,每个人面前都有一台显示屏,呈现会议内容,各经理轮流汇报,总经理补充总结,海外经理通过视频加入会议,每个人都用最流畅简洁的语言将各类信息分享给在座者。作为一个从未接触过金融职场的学生而言,本次晨会让我受益匪浅,感觉窥视到了那些大公司企业高层的一角。

接下来是对各部门的参观、学习,以及最后的座谈会。座谈会的氛围比我想象中的要轻松得多,每人的座位前甚至还放了一些茶点,就是在这样的氛围中,我们对该公司有了进一步的了解。

融入美丽的宝岛台湾

要是这三周的研习都在学习参访中度过,那就太过于单调了。还好我们参访与上课的日程安排并不太紧凑,我们还有双休日,这为我们游览台湾创造了机会。

这次暑期研习中最常见的一幕就是白天上完一天的课,傍晚时整个寝

令人垂涎三尺的台湾美食

室的人结伴出发到台北的各大商场、夜市,品味台湾的各种风味小吃。在这短短的三周内,我整整重了 5 公斤,人都看起来肿了一圈,可见台湾美食名不虚传。

我感觉台湾的物价相较于宁波而言相差不是太大,一碗普通的面和一些小吃的价格基本在 200 元新台币以下,可能较一些地方而言价格偏高,但绝对物有所值。不管是什么价位的美食,吃了后我基本都有物超所值的感觉。

这里的一些食物很符合江浙一带的微微带甜的口味,如果你是不习惯吃甜的东西的人,那可能就有点不习惯了。

此外,我们还去了向往已久的诚品书店,那里很有设计感,功能也远超过传统的书店,让我们深受启发。

台北之眼——诚品书店

感谢学校的人性化,在最后给我们安排了三天的旅游。我们的导游是一个幽默风趣且知识渊博的人,因家中养过猫咪,所以颇有爱心。

分别后，忆相逢

我们还在涂登才老师家的果园摘了枣子。感谢这位老师在本次的台湾旅游中对我们的悉心关照与教导。

此次为期三周的台湾行不仅让我学到了许多的知识，品味了美食，饱览了美景，而且让我感受到了台湾人民的人文素养。台湾的捷运和公交车上都会安排专门的照顾专座，不管车厢里有多么拥挤，人们都会自觉地空出这些位置，而享受到照顾专座的老年人或有需要的人在其他座位有空后，也会转换座位，让出专座，为后来的更需要的人留下座位。在自动扶梯上，大家都自觉靠右，将左边的空间留给那些有急事需赶路的人。

在台湾的三周中，我觉得我说得最多的、最有感悟的一个词就是"谢谢"。台湾的商户们在收钱时都会带上一句"谢谢"。

这种种新奇的体验开阔了我的视野，增长了我的见识，拓展了我的心胸。再次感谢在此次旅行中对我们照顾有加的各位老师，感谢你们的陪伴，给了我们一个完美的旅行。

在行走中学习

吴秋艳 （金融 112 班）

怀着一颗激动的心，我踏上了这片土地——美丽的宝岛台湾。我们都深深地爱上了她，不仅因为她的美和她的人文素养具有独特的吸引力，更是因为她与我们血脉相连。

来到台北大学的第一天我们就认识了卓老师、涂老师、林老师，他们在这短短的三周里传授了我们很多知识，让我们对投资理财和金融知识有了更多

美丽的台北大学校园

的理解,从他们那里学到的东西使我觉得终生受用。我们走访了日盛公司,参访了公司各个部门,并且与各个板块的负责人进行了交流学习,从实际上感受到证券业的内部操作流程与运营流程。我们还参访了当地最大的租赁公司中租迪和公司,了解了租赁业务以及租赁公司对中小企业的投资测评体系。这些都让我们切身了解到一个公司从运营到管理到业务的拓展等相关事宜的所有流程。

畅游知识海洋

以下是我所学知识的总结。首先是期权,期权就像买保险,做买方亏损有限,做卖方利益有限。所以在做期权交易的时候,买方要把所有财产分为 10 份来做投资,卖方需要做风险管理来避险。影响期权的价格因素有:资产价格、行权价格、到期时间、波动率、利率。在这里有一个表格可以综合概括这些因素对期权价格的具体影响。

影响因素	涨权权利金	跌权权利金
资产价格(↑)	↑	↓
行权价格(↑)	↓	↑
波动率 (↑)	↑	↑
距到期日的时间(↑)	↑	↑
利率 (↑)	↑	↓

有了这些因素也就可以推出期权的定价模型:Black-Scholes 模型。

还有期货,期货的功能就是投机、避险、价格发现、提高资源效率。

另外,刚开始做期货交易时建议投资人买卖农产品标的的产品,因为农产品标的的产品是风险相对较小的。做期货交易时还有最重要的一点就是要会停损停利,在期货市场交易胜率不是最重要的。

走进社会,亲身实践

我们第一次参访的是日盛公司,参加了日盛公司的晨会,听他们讲述各个板块今日的走势,以及对各板块的未来分析。他们将自己找到的数据和一些信息在大屏幕上展示出来,每个人都可以清楚地看到他们分析的成果。之后我们去了期权和期货部门,也与他们的负责人深入沟通,我们提出了自己的一些疑惑。我们还去了中租迪和公司。中租迪和是台湾最大的租赁公司,他们讲述了他们现在的租赁业务的发展模式、一些改进措施、对企业的一些价值评估体系。我们还去了龙应台文化基金会,和他们的董事长进行了一些交流。他们不断地邀请一些知名人士进行演讲,分享成功经历,分享知识,希望带动更多的年轻人给这个社会带来更多的正能量。以下是我对参访的一些总结。

我们如果做的是股票投资,通常长线投资时会用 Gauss 和 EViews 这些软件做分析和投资组合,但是很多时候在证券公司,他们会直接采用技术分析和基本分析。技术分析方面可以通过 K 线图看指标,比如当长期均线要下穿短期均线时意味着股价的下降,不建议购买,而当短期均线向上要穿过长期均线时建议买进等。其实在技术分析这一块我有自己的想法。通常大多数股民都会有跟涨现象,时刻关注领涨板块然后买进,其实这种做法我觉得不是最好的。有时候我们可以关注一下领跌板块,在低位时等待反转信号,当然若发现下跌可以考虑止损出场。基本分析就是看公司的一些经营指标,比如净利润、净市值或者公司的重大策略和事件等,例如当公司发生资产重组时我们知道股价肯定会涨,所以会立刻买进。其实我们都知道,在股票市场上赚钱的人据说只有不到 10%,所以要想像巴菲特一样成为股神,我们必须要有长远的分析眼光并能看好值得投资的企业,然后做长期的投资,做好投资人而不是投机人。

感受美丽风光

有人问台湾哪里最美?我想说台湾的人最美。在去台湾以前我有很多的担忧,曾害怕不习惯那里的文化、交流方式、饮食习惯等。可是到了台湾以后,我发现那里的人对人很友善,对我们很热情,突然觉得这个世界很大,很多时候很多事和自己想象的不一样,原本的担忧、原本的害怕都减轻或消失了。我明白了当你真的走进去、努力地去适应以后会发现,原来自己可以做得很好。

台湾有很多夜市,如士林夜市、西门町、饶河夜市等。在这些夜市中你可以买到很多好吃的小吃,像青蛙下蛋、大肠包小肠、红豆芒果沙冰、蚵仔煎、豪大大鸡排,还有好喝的饮料,如 50 岚奶茶、英国蓝奶茶。除了夜市,台北的新光三越、太平洋崇光百货这些商场也有很多名品。我们逛遍了整个台北,去坐了猫空缆车俯瞰这座城市,去了红毛城参观各种景点和真理大学,到访了周杰伦的高中,去了情人桥看夕阳西下的唯美景色,去了九份爬山。最后几天的行程安排是旅游,我们去了不少地方:去了涂教授老家的果园采摘红枣;去了南端的垦丁,在美丽的沙滩上,一群伙伴们嬉闹着;还住了统一集团旗下的度假酒店,有自带的露天游泳池,每个人都玩得很开心。有人说:"用一场旅行欣赏风景,了解世界,认识自己。"最主要的是,在台湾遇到的每一个服务员,遇到的每一个人都对你很热情,对你很友善,他们待人有礼谦让,也竭诚为每一位顾客热情地服务。

淡江中学——感受大自然与人文之美

我的感悟与收获

本次交流学习我学到的最重要一点就是,不管投资任何理财产品,一定要清楚自己能够承受的最大亏损额是多少。

后期我们参访了永丰银行,了解到了现在银行面临的很大的问题是受到支付宝、娱乐宝等网络平台的冲击，所以银行一定要有新的改革和创新。比如通过提高对客人资料的保密完善度，推出新的理财产品或者给予客户很多的福利与服务，让自动取款机可以直接存取硬币等，为客户带来更多的便利。

我们年轻一代做投资必须考虑以下 5 个重要的观点。

1. 保本前先保值：不能把所有资产都存成定期存款。

2. 节流开源一起管理。节流账户：节省开支，通过保险规划降低不确定的损失。开源账户：以人赚钱，增进专业知识；以钱赚钱，透过财务规划，善用时间价值，产生复利效果。

台北大学校园一景

3. 培养经济习惯，在 30 岁前要赚到人生的第一桶金，以钱赚钱，收入－储蓄＝消费。减少非固定支出。

4. 停损是普通、正常的事，停损有时候不是损失而是赚钱的开始。

5. 发挥时间的复利效果。复利是一个很庞大的概念，当运用到钱的复利增长时那么也就离成功之路不远了。

这是我来台湾学到的所有理论知识的总结。在这里，我也深深感受到了台湾人民的热情与文化修养。在乘坐自动扶梯时，大家都主动排成单列；等待捷运和公交时，大家都自行排好队伍；在车上，哪怕是很拥挤也没有人会去坐爱心座位；走在街上，你看不到被随意丢弃的垃圾；每天你进便利店时，服务员会一直和你说早安、午安、晚安；逛商场时，服务员会热情地招待你；去旅游景区时,旅游服务中心的志愿者会耐心友好地讲解旅游路线和景点介绍;在路上向人问路时,他们会热心地指引你方向;每天你听到最多的就是"谢谢"这个词……这个美丽的地方孕育了文化修养很高的人。这些经历让我们感到很受启发,很值得我们学习。大陆人民与台湾人民心连着心,我们会一直这么友好友爱地相处下去。

游学台湾

应　宁　（国贸 111 班）

　　在本科阶段的最后一个暑假，我选择了参加学校组织的为期三周的赴台北大学的交流研习活动。通过此次活动，我不仅学习了许多金融方面的知识，扩大了自身的知识面，也从游玩中领略了台湾的迷人风光，感受到了不同的人文环境，收获颇多。

　　7 月 15 日上午，我们一行 20 人从杭州出发，踏上了去宝岛台湾的旅程。经过一个多小时的飞行，我们抵达松山机场。刚迈出机场，我们就看到了台北大学的老师举着浙江大学宁波理工学院的牌子，面带微笑地迎接我们的到来。

台北大学校门

随后的半个多月里,我们始终被这样的热情所包围。从台北大学的老师井井有条地安排我们的吃住行,到当地学长为我们担当这三周的向导,再到最后的依依惜别,我们都心存感激。

畅游知识的海洋

"游学"一词由游玩和学习组成,所以此次交流活动的一大重要任务就是学习相关的金融知识。这三周的研习生活,令我印象深刻的是台湾老师的上课方式不同于大陆老师。这些给我们上金融知识课的老师大都在台湾有名的企业担任过要职,因此,他们不仅精通金融知识,而且有丰富的实战经验,讲课的内容贴近生活。不仅如此,这些老师个个个性十足,虽然风格迥异,但都幽默风趣,与我们没有师生间的疏离感。

先说说陈梧桐老师吧。他讲课的方式很特别,他不会照搬课件,把要教授的知识填鸭般地灌输给我们,而是不断地给我们提问题,试着启发我们的思维,激发我们的思考热情。尽管陈老师的课程只有短短的五六个小时,我并不能很透彻地了解陈老师所讲的全部内容,但是我知道了对于一家公司能否获利,长期处于获利状态,最重要的是能否做到产品的创新。从个人角度来说,要成功完成一样新产品的问世,我们不能有了想法就盲目行动,而应该做好规划,再开始后续的工作。拿陈老师列举的爱因斯坦的例子来说,对于一个60分钟才能解决的问题,他往往会花55分钟进行思考,留5分钟来执行。这充分体现了事前规划的重要性。

再来说说卓必靖老师。通过其他老师对他的介绍,我们知道了卓老师丰富的人生经历。他不仅担任过某期货公司的总经理,还获奖无数。但是卓老师非常平易近人,一点都不夸耀自己的荣誉,反而会向我们请教关于大陆方面的一些问题。卓老师讲课深入浅出,遇到稍微难以理解的知识点都会通过简单的举例子的方式让我们能很好地掌握其中的精髓部分。通过短短两天的学习,我知道了关于期货与期权的基础知识,了解了期货与期权相对于股票来说是比较不同、投资机会较多的投资方式。因为期货与期权有着可以做空做多的特性,所以即使在市场环境恶化的情况下,投资者从中还是有利可图的。这可以帮助我们在未来正确地选择投资工具来规避风险。此外,卓老师非常看好大陆市场,他觉得大陆的经济还未到达鼎盛,未来大陆经济的发展是不可小觑的。

亲身实践，切身体会

　　此次交流中我们还有一大半时间是在访问台湾地区几家成功的金融企业和一些机构中度过的。我们参访了日盛公司、期货交易所、期货业商业同业公会、永丰银行以及一些公益性组织，如龙应台文化基金会。对于一名即将迈入职场的大四毕业生来说，这个机会既难得又宝贵。通过参访，我了解了相关金融机构的整体结构和运作模式。他们虽然经营的业务不同，但是都可以找到共同点，就是非常了解自己公司的定位，敢于创新。此外，我还发现每个参访的金融企业都具有鲜明的企业文化，涵盖了企业环境、价值观、经营方向等。台湾的这些企业都十分注重这些层面的发展。

　　让我印象最为深刻的是中租迪和公司。目前该公司的业务涵盖金融周边、贸易、投资顾问、建筑开发等领域。作为地区租赁业的龙头老大，企业文化既是整个公司的核心，也与员工的整体素质水平息息相关。公司为鼓励员工

台北 101 大楼

创造良好业绩,不仅给予员工舒适的办公环境,还指定特殊的员工休息区。该公司安排了下午茶的时间让员工缓解工作压力,还为员工配备了五星级的厨师,员工可以在自己的公司享受到优质的用餐体验。我想,很少能有公司做到这些。也正是因为这样,员工的工作效率大大提升,企业绩效也不断提高。中租迪和还是一个愿意网罗各大人才,愿意为自己注入年轻血液的公司。他们常常试着挖掘年轻人才,希望借鉴年轻人的思维调整公司自身的经营战略,做到与时俱进。除此之外,中租迪和公司还不断开展自己的海外业务,与国际接轨。随着全球化的不断发展,与全球市场开展合作已是大势所趋。谁能在国际经济合作中把握先机,谁就能在全球化的进程中立于不败之地。我想这也是大陆企业值得借鉴的地方。

感受台湾的旖旎风光

　　来到台湾,当然少不了游玩台湾的山山水水,品尝台湾的特色小吃,体会台湾的风土人情。台湾虽然面积不大,但景色秀丽,我们常常苦于时间太短,无法将台湾的美细细品味。在这短短的三周时间里,我们自行游玩了淡水、九份、垦丁、台北 101 大楼、各大夜市以及百货商店。着重说说台北故宫博物院吧。这里的建筑虽然不是特别雄伟古老,但是里面陈设着精致、历史悠久的藏

淡水湖畔美如画

品,如各种青铜器以及历代玉器、陶瓷、名画等稀世珍品。通过解说员的讲解,我们深刻体会到了中华民族的绚烂文明。除了台北 101 大楼,诚品书店也是台湾的一大特色。在台湾的最后几天里,我们一行人又向台湾南部进发,途中经过了苗栗,第一次亲手采摘了枣子,了解了客家文化;经过了台中,欣赏了日月潭的宜人风光;最后到达垦丁,游览垦丁公园,享受阳光、沙滩、海浪,品尝垦丁大街的台湾地道小吃。

一聚一离别,一喜一伤悲,台湾再会

海峡两岸虽然没有太多的文化差异,但是对于台湾,我有着太多不一样的感悟。台湾人民的热情与高素质给我留下了深深的印象。

当然感受最深的就是负责与我们这一行对接的老师、学长、各大公司。为了我们交流活动的圆满顺利,他们在幕后默默付出了太多。还有太多甚至不知道名字的人,可能与我们擦肩而过,但是台湾人的热情深深感染了我们。

2014 年这个夏天的台湾之行,充实而快乐,为我的大学生活添上了灿烂的一笔。这次台湾之旅对我来说不单单是一个学习课堂专业知识的机会,更是一个体验文化和深刻了解自己的过程。

乐享台北，收获多多

张 宁 （国贸 112 班）

伴随着夏日的阳光和轻松愉快的心情，我们于 7 月 15 日来到了这座美丽而又富饶的宝岛——台湾。从飞机上俯瞰这片生机勃勃的土地，对于这三周将会如何展开，我充满了好奇和激动。在这次研习营期间，我们得到了涂登才、卓必靖等教授有关当代金融理论知识的指导，也对期货业商业同业公会、证券交易所、永丰银行、期货交易所、龙应台文化基金会等相关机构进行了参访。作为一个对社会情况了解不多的经济专业大学生，走到这些大型的机构中，不仅对于金融等方面的知识有了更进一步的掌握，同时也觉得很大程度地开阔了自己的眼界。

而这次的研习营的经历，对我的成长似乎起到了一些重要的影响。与他人相处，与金融相识，与社会接轨，我对自己在这一次台湾之行中的个人表现还是比较满意的。这样一次短暂而又难忘的台北大学交流学习的过程，让我更深层次地了解到了金融专业相关的知识，也明白了许多无法直接从书本上得到的人生哲理。

感受金融世界的高深莫测

在紧张、紧凑的日程中，几位教授为我们介绍的新知识让我不禁感叹金融世界的高深莫测。卓必靖教授生动形象地为我们介绍了我们尚不熟悉的期权。期权，一个看似非常陌生的名词，在教授仔细讲述了其产生的大背景及相关产品之后，其概念便让我们轻松消化吸收了。

简单来说，期权类似于保险。买方的损失有限；而卖方获利有限，但是可以在其中赚取时间价值。结合教授的分析，我个人认为人民币有可能在五年内实现全面国际化。中国目前正处于发展的前期，整个市场还未成熟，许多外商非常急于投资，导致大量热钱流入。而国内的散户投资者都不敢贸然投资，多是国外的一些私人银行及大型金融机构在做中国的长线投资。所以，要想真正赚到大钱，必定要与市场的走向相反，然而能克服这种心理压力就是专业投资人与我们普通投资者的区别。所以，我认为，在期权刚进入大陆的时期，尽量不要做卖方，这样风险管理会比较好。

林教授为我们绘声绘色地讲述了美国对于税务居民的要求。乍一看似乎与金融没有多少关系，但是其中的联系是千丝万缕密不可分的。FATCA与FBAR又叫"肥咖""肥爸"，教授取的这些有趣的名字不禁让我们对课程的好感又增添了几分。它们旨在说明美国海外税收账户遵从法的相关规定，如此精确、严格的规则可以为将来有出国留学、移民意向的同学提供参考。

拥有中西结合超前思想的涂登才教授给我们上的理财课也让我们受益匪浅。他给我们提了以下建议。第一，保本前保值，不能将所有资产都存成定期存款，就如同我们的俗语——不能把所有的鸡蛋放到同一个篮子里一样。第二，开源、节流一起管理。第三，培养记账的习惯，减少非固定支出。第四，发挥时间的复利效果。第五，养成定期、定额投资的习惯。第六，30～60岁是累积财富最好的时期。这些看似简单的道理在生活中巧妙地运用起来还是需要大学问的。所以这正应了那句老话"你不理财，财不理你"。

在创意课的学习中，我认识到了态度对于一个人是十分重要的。一个不好的态度往往会把人给局限住。而其次重要的是想象力与知识。科学研究表明，创造力有30％取决于基因，70％取决于后天。这令人吃惊的数据让我们感受到了后天的努力对创造力的影响之大。教授不断地提出各种案例供我们进行小组讨论，激发我们潜在的创造力。在小组讨论的环节，每个人都有着与众不同的构想，站在不同的角度看问题，可见一个创作团队之重要性。显而易见，想要找到一个好点子，首先你得有一堆的点子，同时不要急着下定论，可以在有了许多发散性的点子后再集中焦点。

创意海报

身临其境，体验职场

　　第一次去金融机构参访让我们每位同学都兴奋不已。"一日日盛人"的行程让我真真切切地体验了一把作为证券行业工作者的心情。一上班，快节奏的晨会就井然有序地开始了。各个部门报告了自己所关注领域的最新资讯、新闻头版消息及其对各个上市公司的影响。紧接着，总经理为我们介绍了日盛的相关情况，也给了我们这一批年轻人一些忠告。她告诉我们要勇于"say yes"，抓住每一个机会，去做不可能做到的事。相信这些话在将来的道路上可以为我指点迷津。紧接着我们参观了投顾（投资顾问）部门、期货部门、营业处，并学习了新金融商品及期货等相关知识。各位经理也是毫无保留地教了我们各方面的知识，如在投资一件金融产品时，一定要先询问最大损失赔付率,清楚地明白自己最多能赔多少。及时止损对于许多投资者来说是一件非常难的事,因为人性往往是贪婪的,但是这恰恰也是投资中最重要的一点。及时止损才是能让投资走得更长远的策略。我们在找工作时,一定要找自己有兴趣的工作,这样才能越做越好,越做越久。一般进入一家新公司,都是要先从基础业务工作开始做起,这样才能够快速地了解一家公司的运作过程。这深刻地启示着我们这批应届毕业生应当脚踏实地从基层做起,切忌好高骛远。

眼花缭乱学看数据

随后接连几天忙碌的参访也让我们从一开始的紧张兴奋到后来能够沉着冷静客观地看待公司。"一日中租人"的日程让我对租赁公司有了一个全新的认识。中租迪和公司为青少年以及弱势儿童打造了展望基金会,承办多种活动来协助其发挥专长、规划确切的生涯路径。这种低调做善事的企业着实值得我们尊敬。

在期货业商业同业公会、证券交易所、永丰银行、期货交易所、龙应台文化基金会等的参访中,我感受到了想要支撑起一个企业或是组织所耗费的巨大的人力物力,以及一个企业的欣欣向荣是与每位员工的辛勤努力密不可分的。龙应台文化基金会的董事长说过的一句话至今还在我的脑海里盘旋——诗是最软弱的呐喊。他把诗人比喻成在两端搭桥的人,他们的不停奋斗就像垒拱桥的过程,一方搭着搭着,在接近最高点时也是最容易倒塌时的;但如果将两端的高点连在一起,那就像一座拱桥,定会坚固无比。

感受台湾人文气息

跟着带队老师的步伐,我们游览了台北故宫博物院、垦丁、士林夜市、鹿港小镇、九份等著名景点。虽说所到之处都是人山人海,但是这对于我们来说收获也是满满的。

旅途一隅——垦丁鹅銮鼻灯塔

台北故宫博物院中的宝物可谓是琳琅满目。涂教授告诉我们台北故宫博物院是一辈子都看不完的,几乎每个月都会有宝物不停轮番交替展览。我们有幸看到了唐寅的作品,其画风是强调人格与真情的再现。观赏到精彩绝伦之处,我真恨自己不能用相机一一记录下来,只能将这些美丽印在脑海里。

不得不说,在人文素养方面,台湾有许多值得我们学习的地方。每一个台湾人都和蔼可亲,热情好客,"你好""谢谢""再见"不离口的氛围也让我感受到了这个地方的魅力。伴着甜甜的台湾腔,仿佛陌生人之间的隔阂与距离也消失了。从干净整洁的街道可以看出台湾人大都严格遵守"垃圾不落地"的规则,他们有礼貌的谈吐也无处不体现着文化礼仪之乡的气度和涵养。不管是公交还是捷运,只有是有"博爱座"的地方,他们都会第一时间让给最需要的人,这种尊师敬长、尊老爱幼的态度让我们肃然起敬。在旅途中遇到困难,不管是路人还是工作人员,只要你询问,他们都会对你的问题进行细致耐心的解答。

收获知识，捕获友谊

对于这次台北大学研习营的体验，我们的感悟和收获，绝对不是用这份报告能够完全描述的。对于我而言，更重要的是自己对于研习营的亲身体验给我带来的眼界的开阔。"读万卷书，行万里路"虽然是一句从小就耳熟能详的老话，但在这个网络科技发达、社会节奏过快的当下，显得是那么脚踏实地。每个人不同的经历是每个人之所以与他人不同的根源。在这趟旅行之中，我与人相处，与自己相识，然后得到一个个无法从书本上获取的人生道理，这些都是宝贵的财富。

从书本中汲取得以丰富自己的文化知识，从脚步中得到能够完善自己内心的力量。走进宝岛台湾对我来说不仅是看到了不一样的风景，更是感受到了不一样的人文气息。在研习营中，大家虽然都是同校的同学，但也有许多之前并不相识。大家从陌生到熟悉，从羞涩到亲切，都是一种特别的感受。一边学习，一边增进友情，一边还有别样的动人风景，每一天、每一个时刻都让人觉得想要将其把握在手心里。也许一次研习无法给我带来多大的变化，但我自己明白，在对事、对人的心态上，我得到了很大的改善，我相信这次台湾之行为我将来步入社会的道路奠定了一个稳固的基石！

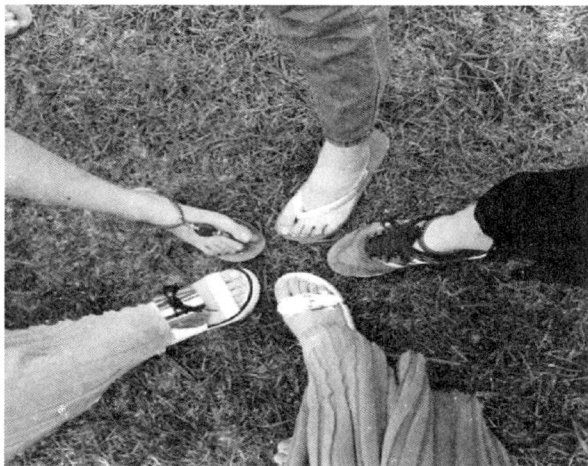

友谊的脚印，有爱的五角星

纸上得来终觉浅

周雅丽 （国贸 112 班）

　　每一段旅程都会有一个充满期待的开头、奔波疲软的过程和回忆涌现的终曲。在这趟台湾交流之旅即将结束之际，脑海中闪现的是三周以来上课、参观、游览的点点滴滴，那些疲倦早已化为乌有，留下的都是值得一生回味咀嚼、珍惜收藏的经历。这些经历会时刻提醒我，原来我还拥有过一段这么绚烂的青春岁月。

夜市的水果

从高空俯瞰，山川、房屋、道路慢慢铺展开，我们一点一点地向宝岛台湾靠近。直至飞机降落于松山机场，我仍旧无法相信自己已经置身于这片美丽的土地。由机场去往目的地台北大学，一路上，无论是从泥土地还是水泥钢筋中散发出来的信息，似乎都是这个地方急于要向我们诉说的古老与现代碰撞之下的故事。来到学校宿舍，庭院里盘根错节、枝繁叶茂的老树讲述着这座学府的积淀深厚，不禁让我对将要到来的学习与生活满怀期待。

有趣并充实的学习时光

课程安排得很紧凑，与原本大学里松散闲适的学习生活不同，但也让我更加集中精神，努力消化所获取的知识。所幸的是遇到的老师都让人由衷敬佩。卓老师饱读诗书，引经据典，是一位非常具有涵养的讲师。在他的讲述下，专业性较强的期权专题变得生动有趣。他通过与保险业进行类比让我们更加容易理解概念；从欧债危机到全球金融风暴，看似遥远，但是经老师细细分析，我们更加暗叹幕后操作者的深厚功力；对市场的准确分析与把握，把我对老师的崇拜更加推高一层。林老师，则是充满了热情与激情。"肥咖（FATCA）肥爸（FBAR）知多少"的课程，带领我们走进美国大追税的相关知识领域。他以过硬的专业知识和丰富的实战经验，让我们掌握了美国对于税务居民的要求，虽略严苛，但无规矩不成方圆，也可为一些准备出国深造或移民的同学提供参考。关于追税的一些豁免机构、金融机构不得做的五件事、税务信息的送出条件等信息和知识，都为我们对美国政府追税的了解打开了一扇窗。不得不说的是涂老师，一位在美国深造过的老师，很有学者的风范，提纲挈领，中英文结合。他为我们推荐的理财计划言简意赅，通俗易懂：（1）保本前先保值；（2）节流、开源一起管理；（3）培养记账的习惯；（4）发挥时间的复利效果；（5）养成定期、定额投资的习惯。这几点对初出茅庐的大学生尤为重要，你不理财，财不理你。刚进入社会，我们对于金钱的把握度和灵敏度没有那么好，这时理财计划就像一盏点亮前路的明灯。并且，涂老师是我们这次台湾交流行不可或缺的核心人物，向我们介绍了许多台湾的文化，为我们安排行程，忙前忙后，才让我们有了这样一段充实而有意义的经历，我们向他致以十二分的敬意。

参访是我们交流行程中占比较大的一块，对于台湾的文化学习，不仅仅是专业知识的积累，更需要实战经验的交流。日盛公司是我们的第一站，各个部

在期货业商业同业公会与经理合影留念

门的负责人都非常热情地招待我们，并且向我们介绍了他们部门的工作方向。期货、证券、银行等部门，都给予我们方便，让我们参观其办公处和营业处，并且举办了一些座谈会与我们近距离交流相关的知识，部门人员也耐心并认真地回答了我们的疑问。针对我的提问"如果手里没有很多钱该如何进行投资"，经理回答说，投资上只有输家和赢家，没有小户和大户，要知道自己最多能输多少，需要有一定的冲劲。各位经理所分享的颇具价值的实务经验，对我们来说是非常宝贵的。日盛是台湾的老牌企业，70岁高龄的一位阿姨仍坚持在岗，可见工作的热情从来都不分年龄。另外，"一日中租人"的活动竟让之前总给人负面印象的租赁借贷公司给我留下最好的印象。该公司为青少年和弱势儿童打造展望基金会，承办多种活动，成为其生涯辅导的导师，协助其发挥专长及规划确切的生涯路径。而他们的办公环境是最让人羡慕的，楼下有公司专属的咖啡厅，议事、会友都能在此进行。而101大楼上的证券交易所，总让人有种"高处不胜寒"的感觉，看着电梯间白领、金领进进出出，让人有种艳羡又有种畏惧。龙应台文化基金会是最后一站也是最有正能量的一站。该基金会是以"提升台湾年轻人的国际视野"为使命的民间基金会，通过推广沙龙形式的学者演讲、纪录片放映活动，讨论国际政治与经济的重要议题，加深一般大众思考的深度与广度，为其带来思想、文化上的碰撞。印象极深的是杨董事长说的一句话：自己的路自己走，别人的路只能路过。不管是什么行业，都给我们启示：时间花在哪里，成就就在哪里。我们还参观了台北大学新校区，并且聆听了商学院院长蔡建雄教授的讲座，探讨了台湾名校的教育方式与教学理念。给我印象深刻的是院长为我们展映的一部台北大学学生社团宣传片，那些朝气蓬勃的面孔带来的新鲜的气息令人心潮澎湃。

领略美丽风光，感受美好氛围

正如涂教授说的，一个人要长大，要有国际视野，就要往外走，从内心世界打开视野，趁年轻就要四处闯荡玩耍。休闲时光，邀上三五好友，我们将脚印印在了台北的每条捷运线路上，心随着捷运释放。从熙熙攘攘的淡水老街到落满余晖的渔人码头，从人来人往的西门町到五光十色的士林夜市，尤其九份的景致最令人动容。我早已从席慕蓉和三毛的笔下，领略过台湾的风光，但无论是怎样的描写都绝对比不上亲自置身于这种美好之间的感受，其带给我的不仅仅是感叹，更是对百年古老沉淀的虔诚向往。走在弯曲的山间小路上，美丽的裙角在青石板上旋转跳跃，开出一朵朵弧度不甚圆满的花，不经意间暴露了心中的小愉悦。再往上走，不同层次的绿色充盈了双目。金瓜石的黄金瀑布流淌着绝美的金属色，山腰上民居的点点灯光，一切美得让人不敢置信。沿着淡水老街一路行去，各色建筑展现眼前，乐趣不仅在于观赏名胜，更在于寻找隐于山间小路的美好：品尝阿给鱼丸的鲜美，踱步淡水湖畔感受浪漫风情，

摩登西门町

穿越如织的行人到龙山寺虔诚上香。坐在渔人码头的长廊上直至夜幕降临，夜色起的时候，周围的一切都变得很温馨，风也是柔柔地吹拂，好像有一种就此直到老去的冲动。

优秀的文化素养是这次台湾行我看到的最亮的闪光点，这是来自几代人的传承。在大陆的许多地方，大家过马路都是凑够一撮人就可以一起走，完全忽视红绿灯的状态；而在台湾街头，即使红灯再长，等得再不耐烦，人们都会自觉停下仓促的脚步。台湾人民的友好和热情体现在方方面面：问个路，对方不仅耐心指路，甚至还拿出纸和笔给我们画地图；在爬山时遇到好心人，带我们观赏"秘境"景点，还送我们回学校；上下公交车，乘客和司机都会相互说"谢谢"和"再见"。我来台湾前虽有心理准备，但仍是被这种礼貌与温暖弄得受宠若惊。在这里，不管是在学校，还是出去玩，如果遇到困难，找人帮忙似乎从来不是一件难事。这种宝贵的人文素养，实在值得我们学习和借鉴。

用发现美的眼睛塑造美丽的自己

这趟台湾学习交流之旅，我们不仅体验了台湾的教育和学习方式，也耳濡目染了当地优秀的文化素养，不虚此行！对于我个人来讲，这不仅是一场学习和提高个人素养的旅程，更是一次心灵的洗涤与释放。无论是山川河水的秀美，还是车水马龙的热闹，甚至仅仅是一砖一瓦的感触，都让我与台湾进行了一次身与心的交流。台湾是一个美丽与温暖并存的小岛，我想，在未来的岁月里，我定无法忘怀这三周走过的路、遇过的人、看过的风景。我依然惦记没有去过的花莲，没有看过的演唱会，没有登上的猫空缆车，没有彻夜长留的诚品书店，没有尝过的火车便当……但是唯有遗憾才让我更有动力与台湾道一声再会，只因期待再一次的遇见。感谢宝岛，让我有机会体验到另外一种人生态度和生活方式，让我看到一种新的可能和希望，让我认识到原来人生是存在着如此多的可能性的。生活中并不缺少美，真正缺少的是一双发现美的眼睛。我们要做的，就是让自己拥有一双发现美的眼睛，不断地改变自己，让自己成为一个更好的人，把握并珍惜美好人生，这或许是我来到宝岛的最大也是最重要的收获。感谢学校给我的机会，感谢老师的辛苦付出，感谢同学们的互助包容，感谢！

下　篇

2015年之夏

开阔视野 涵养情怀
——记浙江大学宁波理工学院商学院赴台北大学暑期研习交流

程亚亭 陈 恩

2015年7月6日至7月26日,在宁波市台办、校外事处以及学院领导的积极筹备与努力下,应台北大学邀请,来自浙江大学宁波理工学院商学院各年级、专业的20名在读学生,由学工办程亚亭、综合事务办陈恩两位老师带队,赴台北大学商学院参加为期三周的"当代金融理论与实务研习营"交流活动,取得预期成果并顺利返校。

台北大学商学院为本次学习交流做了悉心细致的准备,不仅安排了丰富的金融学相关理论课程,还安排了台湾金融证券业的翘楚单位让我院一行师生进行实地参访与交流。与此同时,台北大学一方还专门安排了华山文创园区、松山文创园区、莺歌陶瓷博物馆等的游览活动,让我院师生了解与学习台湾文化创意产业的发展以及传统文化市场化的情况。

注重理论教学 引导创新发展

本次研习交流的主题是"当代金融理论与实务研习"。在本次交流过程中,台北大学教授给同学们带来了当代金融理论与实务的系列课程,课程内容新颖,同时与实务挂钩,颇具有感染力和互动性,深受同学们的欢迎。授课教授风趣幽默,并善于运用业界实例进行教学,言简意赅,贴近实际,让同学们在轻松听懂的同时又能掌握知识与真技能。

课堂合照

台北大学商学院涂登才教授给同学们讲授了"理财训练营""国际杠杆交易之发展与价差合约商品"等课程。涂教授在台湾金融业成绩斐然,同时也是本次研习营台北大学方面的负责人。在"理财训练营"课程中,涂老师教授给学生们一些实用的理财规划概念:如保本先保值、黄金铁律;资产配置;节流、开源一起管理;培养记账的习惯;慎选理财工具;养成定期、定额投资的习惯等。在"国际杠杆交易之发展与价差合约商品"课程中,他基于金融理论和自身经验分析了当下全民炒股的原因、发展趋势等,为同学们解答了有关期货、股票方面的疑问。在涂教授的课堂上,同学们既了解了世界金融发展的前沿,又结合课堂知识,提出了自己的理财规划、人生规划,并讨论了自己人生规划的可行性,进而引出了对"现在的我为了明天的自己应该做什么"的大讨论。课堂氛围活跃,同学们收获颇多。台湾中华理财教育协会理事/教育训练执行长、特许财务规划师(FChFP)卓必靖教授讲授了"期指期货交易实战""衍生性商品交易策略实战(台湾经验分享)"。课程详尽地介绍了金融衍生商品的灵活应用与风险管理。卓教授以其渊博的期权知识和任职某期权公司经理的实战经验为同学们带来了金融期权方面新的知识。

国泰人寿保险股份有限公司林纬苏老师的"风险管理：保险与人生"课程，内容新颖，贴近生活。经此课程，同学们深刻地体会到保险不仅是一种风险管理工具，是个人理财规划的保障，还是对自己、对家人、对社会负责的体现。通过此课程，同学们对风险管理工具和保险有了比较全面的了解，树立了风险意识，熟悉了风险管理方法和保险知识。课程内容丰富，案例生动，让同学们大开眼界，培养了同学们对风险管理、保险学等相关知识学习的强烈兴趣。作为"台湾名嘴"兼台湾某保险公司经理的陈玉水先生通过"台湾保险发展历程与现况"，向同学们介绍了台湾保险业的发展历程。此外，台北大学校友会会长、经营三家公司的林育腾董事长给同学们带来了生动、鲜活的大学生创新创业翻转案例，并带领大家参访"台湾之眼"——诚品生活，鼓励同学们抓住机遇，开展创新创业活动。

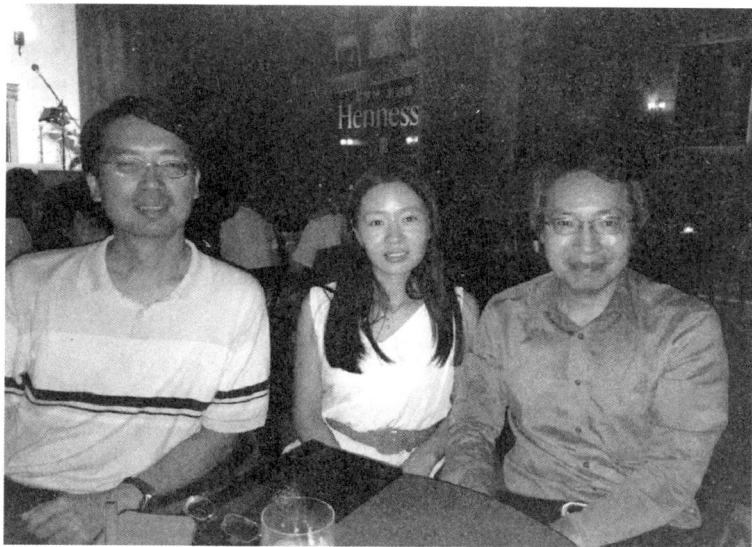

我院老师与涂登才教授、卓必靖教授在音乐餐厅

开展参访交流　体验企业文化

　　在这三周里我院一行参访了中租迪和股份有限公司、台湾证券交易所、台湾期货交易所、永丰银行等台湾金融行业巨头企业及机构，以及龙应台文化基

金会。上述各单位热情招待了我院一行，并安排高管为同学们进行相关知识和实务授课，悉心解答同学们的疑问。在参访台湾证券交易所时，精英老师精准的市场情况分析、准确的大盘趋势判断，加之思路清晰、言简意赅，还配有翔实的数据和图表，让同学们深表敬佩，并且认识到这种敬业、细致的精神非常值得学习。借助参访交流，同学们真实地了解了台湾金融公司的管理运作情况，体验到了台湾企业务实、高效的文化氛围。

我院一行在涂登才教授的安排下访问了台北大学三峡校区，与台北大学商学院院长蔡建雄教授进行了"大学生应如何创新创业"的互动讨论，在讨论会中，同学们积极发言，虚心学习，蔡院长高瞻远瞩，为同学们建议发展方向。此外，我院老师还与蔡建雄院长洽谈了两院选派交换生学习交流、"分类交流生"等项目，进一步推进完善暑期研习营项目以及加强两院教师互访等事宜，并初步达成一致。之后，我院一行在涂教授带领下参观了新北市莺歌陶瓷博物馆、台北市华山文创园区和松山文创园区，让同学们了解传统文化市场化经营模式的创新发展，开阔了同学们的视野。

台北大学商学院交流留念

融入日常生活　体验民俗文化

　　台湾的美食和美景真的让人难以忘怀。宝岛的美食、碧蓝的海水、见底的湖水、干净的老街,都给同学们留下了难以忘怀的回忆。

　　利用课外时间,同学们品尝了居酒屋烤鱼、台湾凤梨酥等美食,参观了珍宝无数、古色古香的台北故宫博物院,走访了风光优美、有着浪漫风情的淡水河畔,体味了如诗如画、"越夜越美丽"的九份,欣赏了瞬息万变的阳明山风景,游玩了碧蓝清澈、白浪朵朵的苏澳海滩。

山城九份

　　景美人更美,台湾民众的热情友好、乐于助人、耐心友善也给同学们留下了深刻的印象。同学们外出景点游玩、生活购物以及在偶发迷路求助时,身边的台湾民众都给予了很友善耐心的指引,并会自告奋勇地详细介绍景点特色、小吃美食、注意事项等。台湾民众的礼貌客气、"垃圾不落地"理念、景点物价公开透明、捷运乘车方便快速、搭乘电梯与公交守秩序等日常生活表现,都给同学们留下了深刻的印象,并有助于同学们良好习惯的培养和形成。

苏澳海滩

　　三周的台北大学暑期研习交流活动,让同学们开阔了视野,丰富了阅历,既学到了世界前沿的专业知识,又深刻体验到了金融行业运行的实务,还感受到了台湾的风土人情、人文素质。通过此次交流,同学们收获颇多,并且认识到"只有走出去,才能知道更多"。

在最美的时光遇见你

汤徐虹 （电商 122 班）

这是我十几年在校生涯中的最后一个暑假，我选择了以交流生的形式参加我校与台北大学合作的暑期研习团，就当作给我的大学生活画下一个圆满的句点。从小到大我的脑子里有过无数关于台湾的幻想，关于台湾的美食、嗲嗲的台湾口音，还有我超级喜欢的作家——白先勇先生。

这次游学拜访的是台北大学。台北大学简称"北大"或"台北大"，是台湾法学、社会科学、商学、公共行政领域教学研究的主要大学之一。该校创校于1949 年，于 2000 年改名为台北大学，拥有多个校区，与台湾大学及政治大学同为台湾地区法商教育之领先者。

初来乍到

为了方便我们的出行，我们团队被安排在台北大学位于台北市中心的校区住宿。一开始来到宿舍，大家彼此还不熟悉。宿舍是一个大套间，有三个卫生间，男女两个浴室，两个大寝室，还有一个大得惊人的客厅，需要的生活用品也都齐全。经过一番收拾，一行人总算是将行李都整理好了。大家都饿得饥肠辘辘，台北大学负责接待我们的助教给我们订了鸡排饭和红茶。下面来介绍一下我们的助教——林子钧，台北大学大三的学生，1995 年生。子钧后来也和我们成了好朋友，他常常为我们的出游行程提出中肯的建议，帮助我们订车票,开车带我们去吃夜宵,和我们打牌聊天。我常常能在他的脸上看出疲倦,但是每次在我们需要帮助的时候,他总是能够耐心地帮我们解决问题。他每晚都会来确认人数,直到确认大家都安全回到宿舍才默默离开。就算现在我们回到了宁波,仍然和他保持着联系,不时唠唠嗑,这或许就是旅行学习最重要的意义——去认识了解美好的事,去看没有看过的风景,去认识善良友好的人们。

当一切安顿好,我们也经过一下午的整顿休息之后,当天晚上子钧带着我们去了超级有名的士林夜市。一个团队里,只有我和小逸没有与同伴一起报名这个交流团,我们很自然也很随意地就这么成了好朋友。我升大四,小逸升大二,我1993年生,小逸1996年生,然而神奇的是我们并不像才认识一天的朋友。小逸是个很阳光的女孩,对我来说她亲近得就像妹妹一样,我们很自然地挽着手,很自然地勾肩搭背,很自然地分享美食。因为那是第一天到士林夜市,我和小逸像俩"土包子"似的,吃了两份蚵仔煎,买了两杯大奶茶。台湾的奶茶分量真的大得惊人,导致我们奶茶喝到饱,眼睁睁地看着眼前这么多美食,却没有多出来的胃容量去容纳它们。台湾的饮食文化确实很发达,夜市里各种各样的美食琳琅满目。我个人比较青睐的是黑猪肉烤肠,和大陆的香肠不一样,那里的香肠十分入味,油而不腻,最重要的是香肠里满满的都是肉,总之去台湾一定要吃那里的烤肠。因为刚刚到台湾,对一切都有着新鲜感,我们去士林夜市时拼命把所有能逛的全逛了个遍,导致晚上回到宿舍时已是疲惫不堪。

参访学习,边看边学

第二天,我们见到了台北大学的涂登才教授,他是这次研习营主要负责与我们对接的教授。整整一天的课程,真的让我觉得十分震撼。涂教授在教授我们经济学的同时,也花了很多的时间为我们讲解中国古代文化,通过古代看现代,将文化与生活更紧密地联系在一起。涂教授在下午课程结束后,向我们推荐了许多台湾值得一去的地方。他告诉我们,希望我们玩得好,但不是走马观花,而是真正地去了解一个城市,了解一个城市的人,了解一个城市的文化。交流的三周时间,我们不一定能够学习到太多的知识,但我们可以通过交流,去感受不同地区的人的差异,去真正地读懂一座城。

经过几天的学习,我们认识了好几位优秀的教授、董事长,他们与我们分享他们的求学、求职经历。每一位教授都有自己的风格，有的循序渐进，有的幽默风趣，还有的注重实操，鼓励我们多出去看看。让我印象比较深刻的经历是大家组队去参观诚品生活。里面的装潢很简单，商品大多数也是很有创意的小东西，也有家长带着小朋友去烧制玻璃。在里面，我感觉一切都慢了下来，所有东西都变得更加精致。当时我的脑子里有一个念头，就是这些产品大陆不是没有，可是为什么大陆的很多产品看起来就相对较普通？诚品的产品从做工到包装，细节之处精益求精，产品拥有一个美观的外形确实会增强客人把它带回家的冲动。我偶然路过一间小屋，发现小屋的橱窗里陈列的就是台湾几十年前人们用的东西，比如钥匙、门锁，甚至连香烟都有。我很欣赏这种把生活变成文化的态度，而我来到台湾正是为了了解这个地方里的人们是怎么生活的，我想了解这个地方最最平常的一切。

之后的一天，我们去了台北大学主校区——三峡校区进行参观。比起在课堂里上课学习，我更加喜欢多参观，多交流。我们先去了学校图书馆。图书馆设施十分先进，供学生看书的书桌上都有小台灯放着，阳光长廊上放着小资情调的皮沙发，俨然一个台湾偶像剧的场景。在这样的地方读书大概真的是一种享受吧。这里满足了我对图书馆的一切幻想，我的内心突然安静下来，大概这就是图书馆的力量。随后，子钧带着我们去会议室与台北大学商学院的院长进行交流。整个过程都很轻松，院长先是发表了一些自己关于金融理财的见解，之后就是我们进行一些提问。午餐也是在会议室解决的，涂登才老师和我们一起吃便当，没有任何的架子，平易近人。

午餐结束后，我们一行人去参观了陶瓷博物馆，馆里的装潢完全是我的"理想型"，简单大方却又不失时尚感。各式陶瓷琳琅满目，土陶居多，没有很深的年代感，却又带些复古色彩，没有像青花瓷那样细致精美，但却还原了陶土最原始的样子。有一部有名的台湾偶像剧——《命中注定我爱你》就在这里取景过，剧里的女主人公正是一位陶土艺术家。从电视剧到现实接触，这时候你就会明白，只有你真正走过看过的世界才是你的世界。

在台湾的三周，教学时间占比相对较少，大多数时候我们都在参观，走访一些台湾有名的机构，比如龙应台文化基金会、证券交易所、期货交易所等。龙应台文化基金会主要是一个组织年轻人认知文化的交流平台，每一年都会有不同的讨论主题，许许多多的大学生都会来这里担任志愿者，来支持这样一个文化平台。基金会活动的讨论主题范围广泛，涉及许多有意义的、值得探讨的话题。基金会比较像是一个工作室，原木色的装潢，有些日式的感觉。不同于别的基金会，龙应台文化基金会更像是一个让年轻人畅所欲言的俱乐部，基金会也会资助一些有梦想、有创意、有研究方向的年轻人出国交流,再根据这些年轻人的所学所感做成新的一期文化主题。这样的模式是我第一次接触到的,我从中学习到了很多。

在台湾证券交易所,我们主要聆听了几位资深的股市专家为我们讲解关于股票的基本操作。交易所就位于台北 101 大楼上,其地理位置之好不言而喻。交易所同样也为大学生创造了学习竞赛平台,大学生通过网上报名即可参加。这次的参访学习让我感触很深。在参观了证券交易所的内部流程、各种设施之后,咨询师还给我们解答了很多的疑问,他的许多见解都使我深受启发,让我真实地感受到原来股市离我们这样近,是这样触手可及。

几天的参访下来,我真切地感受到了这些机构为年轻人提供的机会。所以快要毕业的我们不必感到迷茫,只需要一步一脚印,脚踏实地做好应该做的事情,越努力,才会越幸运。

风从海面吹过来

周末的时候我们大都自由活动,原本我们一行人是准备去花莲的,但是后来由于车票没办法订到就特别随性地去了宜兰。在宜兰逗留了一会儿之后,不知谁提议去苏澳泡冷泉,接着我们就去了苏澳。台湾的火车票可以随到随买,而不同时间的车票也是一样的,如果你买了下午五点的票,想四点就走也是可以的,并不需要任何的手续,只要车上还有座位就可以。我喜欢随性的旅行,没有那么多的计划,走到哪是哪,可以为不经意间发现的小美景而惊叹。刚到苏澳的时候,火车站外面大人孩子好像在过泼水节一样,把人间的烦恼像水一样全都泼了出去,剩下的就只有欢声笑语。我们找了一辆出租车,告诉司机说我们要去最近的海边。司机很幽默,一路开着玩笑,偶尔也会来个小漂移。没过多久我们就到了目的地,司机告诉我们一路往前走就能看见海。

我们沿着一条公路往前走,很快映入眼帘的是一片蓝色的海,这时小逸一边大叫着"我终于看见蓝色的海啦",一边张开双臂朝海边飞奔去。大家都脱了鞋袜,跑进海里,任凭海浪一个一个打在身上。和垦丁的海不一样,苏澳的海滩人很少,海面上就一两个男生在玩冲浪,一切都变得宁静美好,却又因为我们的嬉闹变得活泼。此时的大海,像是母亲一样,静静地看着她的孩子们嬉闹。

苏澳的海风

天气很热,但海风是凉的,海风吹过来,我都能觉得有些冷飕飕的。海浪非常大,才几个浪花,就把我们浑身打湿了。玩累了,我便坐在一边,不想一个巨浪打过来,我还没来得及起身,就已经被海浪拍在了沙滩上。我的眼镜也随着退潮的海水进入了太平洋,就当作我在这里留下的一个小痕迹吧。我们手拉着手组成一道人墙,往海里冲去,尽情地接受着海浪的洗礼。所有的关于年轻人的自由、不羁,在这个时候,在这样的画面里变得越来越具象。我们就这样坐在海边,任凭海浪拍打在身上,静静地等风从海面吹过来。

最好的时光在路上

最后的三天,我们一路从台北去往垦丁,进行了环岛游。原本子钧是要陪我们去的,但因为他要参加一个去北京的交流团,所以在我们开始旅行的时候,他已飞去了大陆,我告诉他记得去北京吃烤鸭。谢谢你,子钧,认识你很开心,希望你在大陆也可以有一段愉快的旅程。

台湾的大巴车与我原来坐过的没有太大的差别,从内饰到结构都大同小异,有碎花边窗帘,还有车内的影音设备,底下宽阔的行李空间使得车看起来很高。不论天气冷暖,一直开着冷空调,我一开始对此非常不适应,直到后来下雨的时候上车觉得格外舒爽,才知道车上空调调节空气湿度的功能起了作用。

台湾岛的最南端——鹅銮鼻是一个特殊的地方,它的南面是巴士海峡,西面是台湾海峡,东面是太平洋。

垦丁鹅銮鼻灯塔

台湾的北回归线标志碑,碑体中空,地理纬度是北纬 23°26′,它展示的是一条虚拟的线,这条线就是北回归线。如果你在碑体"空腹"的位置上双脚叉开,那么你的一只脚是踏在热带,而另一只脚则踏在亚热带。

日月潭是台湾最负盛名的景点之一,乘坐游艇环湖是很惬意的事。日月潭出品一种香烟,名字就叫"日月潭",现在也是限量生产的,非常名贵,只在日月潭景区有售,且价格不菲。听说日月潭的茶叶蛋很好吃,我也特地去买了两个。

很高兴认识你

这一次的交流学习,让我获益匪浅,认识了许许多多的新朋友,这是我最大的收获。认识新朋友,听听他们的故事,虽然未来不一定联系,但如果能够再见面,那么一定要点头微笑,共同回忆大家一起度过的愉快的日子。那些美好的人是我生命里最美的风景。我喜欢台湾,也和朋友们约定一定还要再来一次,再来要去花莲,去这次没有来得及去的地方。这一次,我重新了解了旅行的意义,旅行需要时间,需要让你足以了解一个地方的时间。或许下一次的远行,我又会遇到不一样的朋友,看到另一种风景,拥有另一种收获。真的很谢谢这次台湾的朋友们,感谢程亚亭老师和陈恩老师,感谢学院的同学们,给了我这样一段美好的旅程。

别样的台北之旅

王艺璇 （中美金融 121 班）

这个特别的暑假，我们来到了美丽的台湾。这里既有风光旖旎、空气洁净的一面，也有高楼林立、交通繁忙的一面。这里人生活态度的认真和尊重他人、文明礼让的美德等，无一不让我们为之惊叹。当然，这是一次难忘的旅行和学习经历，给我留下了许多非常美好的印象，使我大开眼界、获益匪浅。

新认知——台北大学

我们来到台湾，大部分时间在台北大学进行相关课程的学习，参与暑期金融实务游学活动，每周大部分时间都要按照既定课表和行程执行。日常的课程包括一些金融实务课程，也包括参观金融实务企业的活动，使我们更加了解台北。因此，在这里学习，也给了我们了解这个城市的一个良好的途径。我认为，我们到这里上课，并不仅仅是为了学习文化知识，更重要的是感受不一样的课堂形式和氛围，体会文化差异，从而获得自己所需的东西。正如一位教育学家所说的，没有什么比亲身体验更能让人接近真实的了。在这里待的时间虽短，我却立刻感受到了这里的文化氛围——从一开始的了解，再到慢慢尊重，最终融入直至喜爱上这座城市。

至于台北大学，它简称"北大"或"台北大"。我在去之前做过一些功课，了解到在某猎头机构 2008 年 7 月的调查中,台北大学在台湾省"2008 企业最爱校系排行"公立大学排行中取得了第六名的好成绩。台北大学在世界大学排名中一直有着不俗的成绩,在世界上也拥有自己的学术地位,与台湾大学及政治大学同为台湾地区法商教育方面的佼佼者。

开启学习之旅

怀揣着一些好奇,我们开始了台北大学游学之旅。而在这些天的学习过程里,我发现台湾的课堂与大陆的有些相似,却又有所不同。在这三周的游学期间的课程不是照本宣科,而是穿插着案例和走访金融实务企业,让我们自己通过参与、发问等来汲取知识。

在台湾的三周里,我们走访过台湾期货交易所,得到了负责人的一些中肯的建议和慷慨的回答;我们曾在股票休市后参访证券交易所,了解台北证券市场的运作等;我们也去过龙应台文化基金会,了解非营利机构的一些运作和它特有的关怀世界、希望用行动来改变一些事情的愿景,我们为它的贡献、成绩惊叹,也为它的日后运作祝福。或许是对非营利机构了解还不够多,或许是之前听闻的都是负面新闻,当听到该基金会工作室只有四位常驻工作人员,而其余的成千上万帮助思考和筹集活动计划的都是志愿者的时候,我们的震惊难以言表。而他们关注的东西,的确是与人文相关的并且是值得深思的主题,让我不禁叹服。

在前面的学习过程中,我们上课的习惯不同于往日。诚然,在台北大学的十几天里,我们也确实像在大陆一样准点上课,可是在这里的上课期间,我们得到了更多的互动体验和接触到实务的机会。例如在谈及风险问题的时候,我们使用胶带体验了局部重度烧伤的痛苦,另外我们也体验了盲人需要依靠他人的帮助和指引才能像我们一样正常行走的感受,还有诸如此类的我们在之前未必会花时间去进行的体验。使人印象颇深的是林老师。他以几个生动的案例来教我们创业创新——恰好符合李克强总理的"大众创业、万众创新"的观点。在我们眼里,他用自己的故事,便很好地诠释着"创业家"这个词语。创业,在我一贯的认知里,是个充满危机和风险的行为。而他的课像"创业"这个词一样,在课堂伊始,就挑起大家的紧张感。记得那堂课以夸赞我们大家准时拉开序幕,可是随后激动人心的一分钟即兴自我介绍,便把每个人的心提到了嗓子眼。自我介绍的过程必定是表现参差不齐,少有让人印象深刻又感到内容丰富到足以了解这个人的情况的，可是尴尬冷场、浪费机会的也不在多数。不过我想，当真正有了机会的时候，这一分钟的机会必然至关重要。那次课程的时间过得好像时而特别快又时而特别慢。随后老师生动形象地以公务员、企业员工、企业家三种职业列举了三个案例来说明无论在哪种岗位上，我们都可以发挥创业家一样的创新精神。

"敢于尝试的人，便会多一份机会"，那是那堂课所教会我的东西，我在心里默默念着。

细节生活之台北印象

对于我来说，此次台湾之行，并不仅仅是次学习之行，它更加是一场文化之旅。在台湾的三周里，我们大部分时间都在台北活动，台北的日常也穿插着休闲与忙碌。台北是个捷运等交通工具发达的城市，在我们日常去的最多的捷运站里，不乏脚步匆匆的人。我们发现无论是哪个捷运站内，抑或是哪个捷运站进出口附近，在自动扶梯处，大家都习惯地让出扶梯左侧，供赶时间的人快速通行。而在捷运上，每节车厢都会设置照顾专座，践行着照顾有需要的人的理念，站着的人也不会去占用爱心专座。事后细细想来，大家不过是各取所需、方便他人，可是这样的习惯却真心让人感觉温暖。

在日常生活中，还有许多细节值得品味。大概是抱着便利各处居民的想法，台北到处都是像 7-Eleven、全家之类的小便利店。门面虽小的便利店，却印证了"麻雀虽小，五脏俱全"这句话，充分便利着居民的日常生活。此外，在我们次数并不算多的打车过程中，碰巧还遇到过两位爷爷级别的出租车司机，一位头发像我自己的外公一样几乎全白的爷爷还在充满干劲地开着车，着实让我吃了一惊。而在词汇表达方面我也发现了一些不同，例如在他们口中的"洞"就是"零"，"网路"便是我们所说的"网络"，诸如此类的小细节也让这次文化之旅有趣了起来。

融合的文化之旅

美食文化是台湾文化的重要组成部分，也给我们留下了深刻印象。我们去了几个夜市，品尝了当地特色的蚵仔煎、虾卷等小吃，非常美味可口。

台湾街景与夜市美食小吃

　　至于一些著名的景点，对于我们此次台湾之行，反倒不是最惊艳的。对于台北故宫博物院，我首先的感觉就是分区明确，整个博物院分为第一展览区（主馆）、第二展览区、"天下为公"牌坊、至善园、至德园、张大千纪念馆等主要部分。虽然台北故宫博物院藏品不少，我们看到了大家热烈推荐的翠玉白菜、肉形石和毛公鼎（最负盛名的是"白菜"和"红烧肉"）以及传世的汝窑瓷器等，但是最吸引我眼球的是博物院内纪念品店里"朕知道了"的胶带和寄明信片处的印章。

在西门町一角"寻找台北精神"

　　另外我去过的地方还有 101 大楼、台北动物园、西门町、多家诚品书店等等。我在来台湾之前就已耳闻的西门町位于台北市万华区,是台北西区最重要的消费商圈,先前做攻略时,知道它有着西门红楼、美国街、刺青街、电影街、KTV、万年大楼、万国百货、诚品书店和各式各样的精品小店。而为了感受西门町的气氛,我们去过那里两次。那里人潮汇聚,非常热闹。西门町虽然是老牌商业中心,但并不像北京王府井之类的地方,西门町是更充满了"潮人"的活力的。在西门町,我们看到过有趣的街头表演,看到了多个在路边举着广告牌的人,也看到了一些巡游活动。目前西门町有 20 家以上的电影院,初次去西门町时,我们每走几十步就能走到下一家电影院,心里暗暗感叹台北的娱乐便民现象。为了多一些经历,我们也在西门町感受了一次台北的电影院。电影的开场没有太多商业广告,有的都是些近期上映电影的预告,我们看了预告后便有了还想再来影院的冲动。此外,西门町现在被称为台北的"原宿",除了有日文杂志专卖店外,各种日本的书籍、唱片、服饰等,几乎都同步流行,是日本潮流迷们的天堂。除了日系的产品,其他地区的多个彩妆护肤品牌的专卖店在那里都只相隔几分钟的路程,这足以看出西门町的热闹与繁华。

尾 声

与人的交情会随时间流逝而越发醇厚,而与一个城市的邂逅亦会历久弥新。这一次的赴台游学之旅,开阔了我的眼界,增加了我对世界的认知,更让我爱上了台北这座城市。十分感谢给予我出行机会的学院、接待我们的台北大学商学院,以及陪伴我的同学们。希望下次仍有机会拜访台湾。

台湾印象

康静虹 （国贸 123 班）

小学的时候，语文课本上一篇描写日月潭的文章让我对台湾有了懵懂浅显的了解；初中的时候，台湾是地理课本上中国地图中那片轮廓像叶子一样的土地；高中的时候，通过看台湾的综艺节目和偶像剧，我感受到了台湾式幽默和独特的说话腔调；上大学后，随着两岸经济文化等方面更加深入的合作交流，我希望能到台湾深入感受其文化民俗、经济和教育的想法就愈加强烈了。于是，我报名参加了台北大学的暑期研习项目，并开始了我对台湾的探索之旅。

学业收获

台湾的老师上课时，相对大陆老师更注重与学生之间的交流互动与启发式教育。比如涂登才教授给我们讲以基金进行人生规划的课程，在课程刚开始时，他没有着急介绍基金的概念以及作用等，而是用了一个小故事对我们进行启发，进而对主题进行一步步渗透和延展。故事讲的是两个兄弟，哥哥 35岁时，积蓄 100 万，而弟弟当时基本上没有积蓄，但 5 年后，弟弟通过自己努力积极的工作，有了 40 万的积蓄。后来等到哥哥 55 岁退休的时候，弟弟却拥有了比哥哥更多的积蓄。弟弟最初的积蓄比他的哥哥少很多，但是到最后拥有的积蓄比哥哥多，显而易见，问题的关键在后来的 20 年两兄弟财富的增长率上。哥哥比较保守，其积蓄大多是放在银行，而弟弟则是运用他的收入进行各种投资。因此在弟弟的财富增长率大于哥哥的基础上,最终弟弟的储蓄超过了哥哥。故事看似简单,却蕴含了很多关于理财的有用的信息。首先,财富的起点高低并不是最关键的,如果选择了对的投资方式,也能使你获得更多的财富。其次,在进行理财投资的时候,要善于利用多种基金相结合的方式,善用时间的复利效果。最后,也是最重要的一点是,无论采用怎样的理财方式,都是要在你获得人生的第一桶金后才能有这样的资本去投资理财。我们现在的很多年轻人都是名副其实的"月光族",但是我们在年轻的时候,首先应当是积累财富,只有当我们有一定的储蓄时,才有能力投资,对人生进行规划。

林育腾教授在给我们讲创业创新的时候,更注重的是实践的操作和交流。他让我们和台北大学的同学进行沟通交流,互相探讨学习两校在举办一些有创意的校园活动方面的经验,并且由此引申到日后在创业过程中,我们该如何通过一些好的想法出奇制胜。同时,他还针对一个同学的创业企划书提出了很多意见,鼓励大家说出自己的想法又积极对我们加以引导。当天下午,他还带领大家到有"台北创意之窗"之称的松山文创园区去发现创意,了解创意,寻找属于自己的创业新商机。

参访学习

在此次的研习项目中,台北大学安排我们参访了台湾的证券交易所和期货交易所,也安排了保险、股票、期货等相关课程的学习。印象很深的是在参访期货交易所时,他们非常贴心地给我们演示了期货买卖的流程,并让我们每个人上机进行了期货的模拟交易竞赛,针对每个人的盈亏进行排名,生动有趣。在很短的时间内大家就对台湾的期货交易有了一定的了解和认识。

生活体验——排队及环保意识

在到台湾之前,我就已经常常在一些综艺节目上看到他们推荐的一些要排队的人气小吃了。在台湾,大家为了买一样特别高人气的小吃排队似乎是特别常见的事。例如,去饶河夜市的时候,许多人就在排队买胡椒饼;在宜兰的时候,听说一家店的绿豆沙特别有名,于是我们慕名前去,发现也是排着长长的队伍。那么为什么在台湾这样的现象如此普遍呢?我留心观察了几次,发现这些需要排队的人气小吃店大多店面比较小,并且都是采用现做现卖的方式,保证了食材的新鲜和口感。但顾客从付钱到拿到成品需等待一段时间,并且他们的营业时间也比较短,大多是卖完为止。这实际上是一种饥饿营销模式,排队效应给商家带来了更加源源不断的生意。有人排队消费,代表这家店的商品有过人之处,才能吸引这么多的顾客来排队购买,那么即使排队也值得。这就是一个活招牌,让顾客自己口口相传,使得其因此获得了与众不同的优势,区别于其他同类的店,生意自然就会好。

而这样的排队效应在大陆也是存在的,然而似乎商家从排队效应中获得的经济收益并不像在台湾那么明显。这一两年,芝士蛋糕突然流行了起来,因为它在台湾的一档知名度很高的综艺节目中得到力荐而受到热捧。而这样的热潮也很快席卷了大陆。宁波有一段时间就突然出现了很多家专卖这种芝士蛋糕的店,如瑞可爷爷的店、澈思叔叔的店,这些店在刚开始营业的时候也是排起长长的队伍的,但这股排队风并没有维持很久,也许是由于这些加盟店越来越多,加之消费者的新鲜感消逝。因此,商家在运用排队效应的同时也应当不断地对产品推陈出新,并且合理控制加盟店的数量,当加盟店的数量泛滥时,排队效应给商家带来的收益也就相对减少了。

在台湾生活的过程中,令我感受最深的就是他们的环保意识。在台北的街道上,垃圾桶并不像在大陆那样随处可见,可是街道却仍然保持得很干净。在台北的校园里,垃圾是要实行分类的,而且分得非常具体。比如在我们住的宿舍内,各个垃圾桶都贴着不同标签以方便分类,分为"厨余""纸""塑料"和"一般垃圾"。一次路过一家饭馆的时候,我发现店家会细心地把垃圾分类打包好再投放到指定的垃圾回收区域。

在经济方面，台湾同样注重绿色发展。课余闲暇，在逛台北的超市、水果店时，我们发现有许多有机食品。在传统的农业种植中，许多高经济作物都要用到很多化学肥料和农药，后来台湾意识到如果不去改变传统的方式，台湾的土地和水将被破坏，因此大力推动有机农业发展。当地政府通过政策扶持引导生产，全面开展有机农产品认证工作，加强有机农业高科技产品研发与应用，鼓励采用多样的农产品运销途径与方式。在种植并售卖有机农产品的同时，当地农民也在推广一种生活方式和理念。他们有机整合了种植业、餐饮业等休闲产业，推出了观光农园、有机蔬菜采摘、品尝野味、乡村夜宿等休闲旅游方式。

文创园参观

台湾人是积极创新而富有想象力的，而台湾的创新力通过他们的文创园很好地体现了出来。除了上课和学习，台北大学还给我们安排了松山文创园区和华山文创园区的参观活动。松山和华山是台北的两大文创园区，松山文创园区的前身是烟厂，华山文创园区的前身是酒厂，因各种原因工厂搬迁后，各领域文艺人士开始推动旧厂再利用，重新赋予其生命力，使得这些旧工厂逐渐成为多元发展的艺术文化展演空间。咖啡馆、画廊、餐厅、酒吧、创意品店铺等全新的商业业态的植入，赋予了改造后的厂房空间以新的生机，引起了民众广泛的情感共鸣。松山和华山虽然都是文创园，侧重点却各有不同。松山文创园更偏重激发和培育创作精神，有台北的"创意橱窗"之称，而华山则更注重艺术之间的交流。如今，这两处文创园已经成为台北乃至台湾地区的文化创意地标。台湾的文创园区已成为城市中不可或缺的风景。

近年来，文化产业异军突起，而文创产业园的建设一直是文化产业的重

华山文创园区

点。然而一些报道的数据显示,在大陆上千家的文化产业园区中,有 70% 以上处于亏损状态,真正获得盈利的不超过 10%。

由于台湾的文化产业起步比较早,发展也比较成熟,我们可以从台湾文创园区的建设与发展中得到一些经验借鉴,包括文化创意园的建设要与所在城市的建设有机结合。例如像松山文创园区和华山文创园区那样对旧工厂进行有机再利用,并且应该以保留园区传统特色、打造城市发展的新品牌作为文化创意园区建设的核心思路。完善的配套设施和服务平台是文化创意园区成功经营的基础,完整产业链的打造对于文化创意园区的持续发展也起到了非常重要的作用。例如在台湾的很多文创园内,大多数的咖啡厅除了卖咖啡,还会有杂货或者周边产品出售。

旅行的意义

在台北大学三周的学习交流中,除了进行一些专业知识的学习,我们也积极利用课余时间到台北的一些观光景点去参观。在此次项目的行程中,台北大学也给我们安排了三天的台湾民俗文化之旅,使得我们在学习之余也充分地欣赏了台湾的风光,了解了台湾的民俗文化,以及当地人是如何发展旅游业的。

台北故宫博物院

一千个读者就有一千个哈姆雷特，一千个游客就有一千种感受。关于旅行的意义，不同的人有不同的想法和视角。对于我来说，作为一名学习经济学的学生，在旅游观光、感受文化、放松身心的同时，还会去留心一个景区在提供休闲娱乐、弘扬文化的同时是如何创造经济效益的。

结束语

虽然在台北大学研习时间只有短短的三周，但是我却在这不长的时间里收获了很多弥足珍贵的经验和回忆。我曾经看到一段话是这么说的，我们要勇于离开自己熟悉的圈子，尝试一些挑战和改变，也许只有这样，在我们体验了不同的文化和生活方式之后，站在远处回顾自己原来的生活，我们才会发现自己想要的是什么。在即将毕业之际，有了这样的一段经历，我有机会重新审视自己，对自己的人生和职业也有了规划，曾经的迷茫和困惑也伴着这次研习的结束而消散了。

台湾之行感悟

唐雪敏 （国贸 143 班）

　　这是我第一次来到宝岛台湾，也是我第一次离开父母独自踏上旅程，很感谢学校能给我这样一次宝贵的机会。带着不安、忐忑、激动的心，我和其他的 19 位同学以及 2 位带队老师开始了这次旅程。这次游学期间，通过对台湾人文风情的感悟和学校的参观，我们切身感受到了台湾浓厚的文化氛围，切实感悟了当地教育的特色，感触很多，受益匪浅。

　　不知道是不是为了印证"先苦后甜"的说法，我们在旅程的第一个关卡就遇到了难题。由于我们准备的材料有些问题，所以在办理乘机手续时耽搁了很长时间，之后我们急急忙忙地办完了行李托运以及其他一系列手续，终于在最后一刻抵达了登机口，算是有惊无险。

　　从宁波到台湾的航程不长，只有一个小时多一点。到达的时间是中午，台北大学的学长将我们送到了我们要住的校区。一下车，我就感受到了来自台湾的热情，尤其是感受到了

从飞机上俯瞰

台湾的烈日炎炎,人站在太阳底下,要是不打伞,可能 5 分钟就会晒伤。短短半天我就感受到了两种截然不同的天气,宁波的阴雨绵绵和台北的骄阳似火。

求实创新稳投资

作为商学院的学生,要对经济的发展形势有一定的了解,从不同方面来认知我们所处的学习环境以及未来的就业环境,合理地运用经济手段来进行创业投资,这是我们台湾游学中课堂上所涉及最多的问题,而老师的讲解举例也使我对现在的经济形势有了深刻的了解。

课间休憩

7 月 7 日是正式上课的日子,上课时间为早上 9 点到中午 12 点、下午 1 点到 4 点。第一个讲师就是我们台湾行程的总负责人——涂登才老师。他是美国艾奥瓦州立大学的经济学博士,主要给我们讲述了如何以基金进行轻松理财的专题,主要从理财规划的基本观念和以基金进行理财规划这两大方面来进行讲解。他运用通俗易懂的例子来给我们讲解保本前先保值,开源、节流一起管理和培养记账的习惯等理财观念及方法,同时也分析了多种不同理财工具的优劣,最后在此基础上告诉我们用基金来理财的原因、基金的种类及运用基金进行理财的方法和绩效评估。理财这一块的知识是我掌握得比较薄弱的,这一次授课也给了我很大的启发。

林育腾老师的授课也给了我很大的触动,他是台北大学校友总会的副秘书长,很年轻,为人也很幽默。刚开始上课他就与其他老师不同,先让我们在场的所有同学进行 60 秒的自我介绍,这不仅是老师认识我们的一次好机会,也是我们同学之间深入了解的好机会。介绍结束之后他开始讲课。他的讲课的主题是创新创业,这对于我们来说其实并不陌生,在国家大力号召创新创业的情况下,我身边也有很多人选择自主创业。老师给我们讲解了创新的力量,列举了很多创新的例子,例如日本熊本的创新文化

老师认真讲解

产业和黄明瑞的大润发创业精神,还展示了很多台北大学创业型校友以及台北大学同学创办的诸多创业沙龙。课程期间他还邀请了台北大学同学进行展示,也请我们学校的同学进行创业设计展示,同学们都发表了自己对不同展示的看法,老师还为创业设计展示的同学提供了很多实用的建议。中午,老师特地带我们外出吃台湾特色的热炒,不少台北大学的学长也和我们一起,这使我们更多地了解了双方文化的差异。

台湾中华理财教育协会的卓必靖老师给我们讲解期权单/复式策略的灵活运用与风险管理。他首先向我们讲解期权的定义,然后介绍期权的市场参与者、期货与期权投资模式的差异,并在此基础上向我们讲解影响期权价格的因素、期权交易策略制定原则和期权的策略规划。之前的学习中我几乎没有接触过期权、期货,听完卓必靖老师的讲解之后,我对期权、期货有了一些基础的乃至更深一步的了解。

我们还学习了期货交易入门实务与政策介绍,老师为我们讲解了期货之定义与特性、何谓股价指数期货、股价指数期货的种类,以及期货的保证金交易、期货交易成本和期货交易范例,之后还进行了股价指数期货与股票交易之比较、期货交易策略之架构的讲解,最后他在此基础上讲解了期货交易的操作技巧、投资操作的新利器——指数期货和期货操作成功原则,同时还阐述了风险管理的重要性。

为了做到理论与实践相结合，接下来的行程中老师和学长还带我们参观了台湾证券交易所和台湾期货交易所，让我们对之前的理论学习有了更深刻的理解。

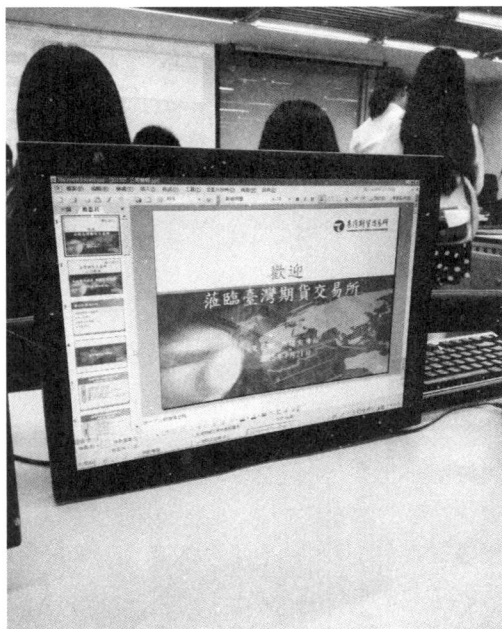

台湾交易所——股指期货交易实战

感受台湾人文风情

到达台北大学的宿舍时，第一感觉便是宿舍很大，宿舍真的很干净，还有很多电脑供我们使用。除此之外，学校还为我们提供了脸盆和衣架，还有令我惊喜的卧室的两盏驱蚊灯……无处不在的小细节体现了台湾人友好热情的美好品质。

台湾的第一夜，台北大学的学长带领我们去了著名的士林夜市，顺便吃了晚饭。因为人比较多，所以老师便让我们自由活动。我们在夜市品尝到了蚵仔煎、油煎蟹和臭豆腐。蚵仔煎的味道其实并不符合我的口味，不过我们尝的也是一种夜市文化。

士林夜市的蚵仔煎

　　台湾人大多热情善良，不过在夜市的另一种现象，却值得我们深思。士林夜市的入口处有一家生意很火爆的水果摊，我同学离开前买了水果，但是半个红心火龙果就要 200 元新台币，我同学愣了愣，还是付钱了。我们旁边的三个游客大妈以为夜市水果便宜，结果一称，价钱却高达 3800 元新台币，但她们最后还是付了钱，让我好是感叹了一番。回去的路上，学长得知我们买到的水果的价钱，直呼我们受骗了，他说本地人不会在夜市买水果，那些水果摊都不是合法经营，而且专骗初来乍到的游客。这一次经验教训提醒了我们，在出游前一定要了解当地的一些习惯和情况，不然很可能上当受骗。而这一件事也反映了游客去台湾因不知当地的一些情况而受到损失等现象的存在，这一方面我认为也是当地旅游部门还需努力改善的地方。

　　我们还去了西门町，我们靠着手机导航乘坐捷运到达了目的地。一出捷运站口就可以看见西门町的标牌，临近黄昏的西门町开始热闹起来。走在路上的大多是年轻人，众多的年轻人给西门町带来了无穷的活力。西门町步行街的对面就是西门红楼，中间的捷运站口出来就是一个小广场，诸多年轻的街头艺术家在广场上进行演奏，还有大学生在做一些义捐活动。晚餐我们找了家日式料理，点了豪华的生鱼片套餐，生鱼片切得很厚，很新鲜，但是对于我这种不太习惯吃生食的人来说，蘸点酱料的厚大的生鱼片还是有点吃不消。晚餐后我们开始逛街，我们一开始想买点纪念品，可是逛完一圈下来发现其实这些纪念品都大同小异，而且价钱也并不便宜。所幸那里有不少药妆店，女生对于药妆都没什么抵抗力，我们一下子就采购了不少。

西门町

为了去著名的淡水老街，我们坐了一个多小时的捷运，到达了新北市西北角的淡水。我们到的时候还是黄昏，一眼就可以望见海水，但是没有沙滩，只有护栏，而且海风很大。夕阳被云层遮住，若隐若现，台北的天空几乎都是蓝的，看着就觉得心情舒畅。淡水老街对面就是八仙乐园，而此时也已经停业。晚餐我们是在老街广场解决的，老街上有很多小吃，我见得最多的便是姜茶和铁蛋了，还有海鲜。逛完淡水老街，趁着时间还早，我们又乘坐出租车去了渔人码头，渔人码头最著名的应该是情人桥了，夜晚的情人桥格外美丽，桥上的霓虹灯闪烁，变幻各种不同的颜色，海风很大，也很舒服。

淡水老街的海景

　　学校很热情地招待我们，还给我们预订了一场位于京华城顶楼的音乐厅的演出。晚上提前到达的我们先解决了晚饭，之后便开始了我们的音乐文化之旅。为我们演唱的是一个青年音乐团，主要演唱的歌曲都是披头士的，曲曲经典，我虽然平时不怎么听他们的歌曲，但那一晚却觉得演唱的每一首歌曲都是一种听觉享受。

　　为了让我们能更好地体会台湾的文化活力与创造力，老师组织我们去了台北松山文创园区。之前我比较少看到这一类的文化创新展示，在进入文创园区后之后，发现了很多有趣又实用的文创设计。我们一开始进入的是蜡烛设计展区，那里有很多新颖又有趣的蜡烛香薰设计，我们之后还看到了手工皮包、围裙设计。我看中了一款肥皂，它由香薰肥皂与晒干的丝瓜结合而成，在清洁的同时还可以去角质，合二为一。之后我们又逛了海盐展区和家居用品展区，每一个展区都充满了设计师的创意，并且将创新与实用融为一体，很好地向我们展示了台湾文化的创造活力。

　　先前我只在图片上看过台北的地标性建筑 101 大楼，真的见到了之后觉得果然很美丽。上 101 大楼最重要的当然是在观景台欣赏风景。我们乘坐超高速的电梯到达了一个观景台，首先映入眼帘的便是闪烁的灯光，101 大楼四周的夜景一览无余，灯火辉煌，让人惊叹。我感觉我们拍摄的照片不能将这种美全部展现。这个观景台上面还有一层露天观景台，虽然有厚厚的护墙围着，但是向下看去感觉比刚才离夜景又近了一步。下了观景台，我们又去品尝了鼎泰丰的夜宵，味道很不错。

　　之后的双休日，我们又去了台北猫空。我们乘坐缆车到达猫空，在缆车上远望大片大片的绿，感觉给眼睛完成了一次净化。到达最顶端的猫空站，我们找了家咖啡厅品尝了当地特色的绿茶和普洱茶，安静地度过了一下午，回程下缆

101 大楼

车后,我们发现因为时间的原因,动物园已经关闭,所以我们没有去成动物园。不过这也为我下一次的旅行增加了一项计划。

很快我们的课程全部结束,到了环台三日的民俗文化之旅。导游很热情,一路上不断给我们讲解许多有趣的景点。我们参观了埔里酒廊,吃了米糕棒冰,观赏了孔雀开屏的瞬间,也来到了著名的日月潭,乘坐游轮到达了岛上,吃了阿婆茶叶蛋,看了鹅銮鼻灯塔,最后在垦丁的沙滩边疯玩了一下午,回程的路上大家已是极其疲惫的了。

回望历史的辙痕

来到台湾我们一定要参观的便是一些纪念馆、博物馆等文化设施了,每到一处,便能感觉到我们正在沿着历史的辙痕前行,感受着历史的厚重与沧桑。

一进入台北中山纪念馆的大厅,首先看到的就是孙中山先生的铜像,其大座下方有两名严格执行守卫工作的卫士,大厅后面进去就是各种孙中山先生的生平记录。二楼还有画廊,展示了很多优秀画家的作品,还有精美的明信片可以领取。出来时我们刚好幸运地遇见了最后一班卫士交接,卫士们的每一个动作都如此一致、整齐,给人以肃穆庄严的感觉。

台北故宫博物院的行程是一次偶然,原本的安排是去 101 大楼参观现场的操盘手交易,没想到天公不作美,受台风天气的影响我们被迫取消了原定行程,改为了自由活动,我们就趁此机会去了台北故宫博物院。博物院很大,进去之前要存包。一进博物院,里面人山人海,大多都是旅游团的游客,讲解员带着团队进行讲解,我们也跟着他们听了一些讲解。博物院展品三个月一换,所以

孙中山铜像

每隔三个月来看的话,看到的东西都不同,想要完全看完这些展品,我想得花个好几年吧。博物院最著名的就是翠玉白菜、肉形石和毛公鼎,等候观赏的人的队伍排得很长,等了好一会儿才观赏到这几件镇馆之宝。但真正能让人观赏的时间少之又少,工作人员会催着你前行以便让后面的游客观赏,这是比较遗憾的。

之后的双休日我们又出去参观。在途中路过一个歌剧院,歌剧院门口的广场极其热闹,大多是学生在做活动,有组织跳街舞的,也有舞剑的,还有在手工制作爱心义卖的公示牌的。我在宁波很少见到这样的场景,所以看了好一会儿,觉得那样的氛围很不错。

台湾之旅总结回想

这次台湾文化交流之旅给我留下了很深的印象。如果没有什么特殊的事情,我可能再也不会在台湾逗留如此之久。台湾人民真的很热情。在这三周的旅程中,我与身边的伙伴从不熟悉到熟悉,不同年级的同学都深入认识了。感谢学校给我这么好的机会,希望之后我还能再一次来到这个美丽热情的宝岛。

美丽的邂逅

朱　静　（金融 131 班）

　　此次台湾之行是我大学生活中一个非常难得的体验，我不单单是游览了台湾的各大景点，也不单单学习了相关的专业知识，我认为更深刻的是触摸、了解了真正的台湾文化。从台湾人民礼貌友好的态度再到日常生活，我感受到了中华礼仪的传承。一方面是感叹，一方面也是羡慕，那些浓浓的人情味让我很是向往。

　　我要对此行所有授课的教授们表示感谢。在我们抵达桃园机场时，就有两位教授十分礼貌地接待了我们。在三周中，他们教授课程，陪着我们参访各大交易所，关心我们的日常生活……太多太多贴心和照顾，让我感觉到了温暖。特别是涂教授和卓教授，那么多天辛苦你们了。

　　在这三周的时间里，我们 20 个同学住在一个大套间中，此前也有过担心，怕所有人都住在一起的时候会有摩擦出现。然而经过三周的共同相处，我感受到了同住的魅力，同住能让大家迅速熟悉彼此，拉近彼此的距离。大家都很好相处，互相帮助，没有矛盾。

感台湾求医

　　这短短三周的台湾行发生了很多很多事，其中也不乏一些"奇遇"。我有很多想说的但不知如何表述，大概也是因为心中对台湾的喜爱甚多，就在这里预先说一下抱歉,请原谅我接下来叙述的"语无伦次"。

给我深刻印象的是台北医院"一日游"事件。由于我本人的不小心,在出发去台湾前被小猫抓伤,因此需要注射狂犬疫苗。疫苗注射周期很长,最后一次注射日期恰好在台湾行之中。经过各种查询,我最后来到了台北医院。在此要感谢台北大学的助理——林子钧同学,不管是去医院还是课程请假,都是他帮我解决的。

踏进医院急诊室,我不知道应该做什么。在很慌张的时候,有位护士就主动过来询问有什么需要帮助的,我向她说明我是大陆游客,需要注射狂犬疫苗。接下来的步骤都有热心的工作人员带领我一步步完成。我观察到,在这个急诊部,有相当多的义工,他们都是自愿到这里服务的,态度非常亲和。有一位义工知道我是从大陆来的后,还一直和我聊天,非常热心。

急诊室是一个非常忙碌的地方,如果在急诊室工作人员都能做到有条不紊,训练有素,那这家医院就不可能是不好的医院。在台北的医院里,我看到了,也切身感受到了那里完善的医疗服务体系,还有医疗工作者对患者的耐心、贴心,更有义工们的志愿服务,医者仁心大概就是这样了。我觉得作为病人要充分信任医生、理解医生,而作为医生也要关怀病人、体谅病人,这样才能使得医患关系更和谐。

学习之心得

接下来,我想大概说一说我在台北三周的学习经历。

来授课的教授都很热情,不管天气多么炎热,他们始终都是一身正装,给了学生充分的尊重。上课的内容包括理财、风险管理、创新创业、期权期货、股票交易等,很多都是我之前没怎么深入了解过的。虽然只有这短短几个课时,且两地也存在着操作差异,但是这并不妨碍我吸收很多知识与经验。教授们在教我们专业知识的同时,还告诉了我们一些人生感悟。我觉得这些感悟比有限的知识来得更重要。我觉得不是知识改变命运,而是智慧改变人生。

教授们各有各的风格,但大体来说都是幽默风趣且态度认真的,这样的授课风格应该没有人会不喜欢。所以尽管每次上课都是 3 个小时,即使午后容易困倦,也很少有同学会走神。我也是第一次有希望课不要停的想法。除了会有固定的教授来上课之外,台北大学还邀请了林育腾董事长来课堂上。让我印象深刻的是正式开讲前的一分钟自我介绍环节。虽然我们对于自我介绍并不陌生,但是这短短的一分钟介绍还是有难度的。如何能更好地表达自己,不光在求学阶段很重要,在未来职场中更是重要。通过所有同学的短介绍,我也重新认识了他们。这个小插曲很值得记录。林育腾董事长讲授创新创业并没有局限于理论知识,他还举了许多实例来深入讲解什么才是创新创业,以及应该如何进行。在上午的讲课结束后,他更是带领我们到了台北市的一个文创园区。台北的文创园区不止一个,这也从一个方面体现了台湾的文化软实力。文创园区的左侧是各个展馆,里面分不同的主题,大部分是日常生活用品,还有一些创意作品。每一个物件都有自己独特的设计风格,让人眼前一

文创体验作品

亮。我们在各个展馆里参观,那些原本普通的东西在设计师的手下就有了不同的价值。文创园区的右侧则是购物大厦。大厦里也都是极具创意的各种商品,展示着独立设计师的小众品牌。而在楼上有书店,所有的读者都捧着书随意在书架边席地而坐,很是安静。我们就在书店里浏览、翻阅,然后去旁边的饮品区享受一个美好的午后。在这里能感受到的是书香和茶香。

激思想碰撞

除了上课以外,我们还在教授的带领下参观了各大金融机构,比如证券交易所、期货业商业同业公会、期货交易所等等。参观过程有惊喜也有茫然。惊喜的是能亲眼看见交易所的实况,听到工作人员详细的讲解,开阔了眼界。但是我更多感觉的是茫然。作为一名大二的学生,相对于其他高年级同学来说对于金融知识不够了解,这已经让我觉得有些落后了,在参访过程中我还发现自己对很多基础专业知识也不够了解,甚至有些根本没有接触过,因此我不能好好利用这些难得的实地参访机会,自己也觉得实在可惜。此外,我对于自己无法回答工作人员的相关问题更觉得有些羞愧。工作人员也很贴心,知道我

们作为学生可能还未接触过证券、期货等金融工具，没有苛求我们太多，但是我仍觉得有些许难为情。希望明年参加活动的学弟学妹们能比我们做得好。

而让我真正感兴趣的是龙应台文化基金会。那天我们一来到基金会总部，就有负责人很热情地接待了我们。在工作人员的介绍中，我才渐渐了解到这一基金会所举行的活动，以及这些活动带来的影响和其中的意义。基金会是由一群热爱公益活动、主张社会参与的文化人和企业家共同推动成立的，资金主要依靠企业家和民众捐赠。

台湾证券交易所

龙应台文化基金会和我以前所知道的基金会最大的区别在于它更倾向于举办各种活动来促进年轻人的交流，激发年轻人思辨的能力。比如基金会定期举办沙龙活动，通过播放各种主题的纪录片，促进年轻人之间的交流，帮助年轻人认识社会问题，鼓励他们提出自己的想法。基金会还会定期邀请一些名家，开展国际名家论坛。这些名家并不是传统意义上我们所认识的名家，而是在某些领域中杰出的人。论坛主题包括一些平时我们很少关注的问题，如：从草根角度看巴以冲突、罗大佑的时代歌曲、北极资源战。每一场论坛都是一次精彩的演说，能激发思想的碰撞，启迪当代的台湾年轻人。我觉得这种方式非常好，这一代是会思想的一代，需要更多的社会力量来提供更多更好的机会。在基金会参观的时候，工作人员介绍说，他们有一群的固定志愿者，基金会平时的工作基本都是靠志愿者的参与才能够展开，志愿者年龄不受限制，只要有想法，就能登记成为基金会的一名志愿者，定期进行志愿服务。

在龙应台文化基金会，我了解到了一个很有意思的项目。他们提供各地的年轻人一个机会，只要你有独特的想法，都可以将想法转化成一个项目，投稿给基金会。如果基金会认可你的项目，你就能得到一笔基金，去展开你的梦想。这一活动对年轻人来说是一个不可多得的机会。这是在鼓励年轻一代敢于思考，敢于付诸实践，得到一个梦想的答案，走出这一片土地，去外面看看，丰富自己，也认识世界。

悟异乡生活

说完了学习方面,我想介绍一下在台湾的生活。我印象比较深的是遍布台湾的便利店,常见的有 7-Eleven 和全家便利店。台湾便利店对于市民来说真的太重要了。在我们宿舍周边至少有两家便利店,平时的日用品全部能够在便利店解决,而且店内还有便当、水果之类销售。对于我来说最方便的还是取款,不需要手续费就能在便利店内的自动取款机上取用现金。经过一两天的摸索,我就已经大致习惯了台北的生活,比如熟知了宿舍周边好吃的早餐店和便当店等。由于台北上班族很多,每天早上的早餐店都是十分热闹的,每次去买早餐的时候,就能看见老板和老板娘双手翻飞制作早餐。我一直惊叹于他们超强的记忆力和计算能力,每位客人点的餐他们从来没有记错过。不得不说,台北的早餐我还是很想念的,不管是西式烧饼、火腿蛋饼还是河粉等,都给我留下了很好的印象。

说到饮料,最有名的就是奶茶了,而奶茶中最有名的是 50 岚。教授们还特地推荐过,因此每次遇到 50 岚的店铺,我都会忍不住点一杯奶茶,确实有很浓郁的奶香味和茶味,和一般甜味较重的奶茶不太相同。除了 50 岚,台湾比较多的是以清玉为代表的各种茶饮店,我尤其喜欢清玉浓郁的茶香。现在想起那些美味的饮品都希望再去一趟台湾。

台湾除了奶茶,水果也是非常吸引人的,如莲雾、凤梨、芒果。这一次去台湾我真的是大饱口福了。除了水果的新鲜,吸引人的还有它们"可爱"的价格,台北本地的水果价格足以让我们花较少的钱却吃得非常满足。

台湾除了美食、风景让人无法抵挡之外,对于女生来说更是购物天堂。来到台湾,逛逛屈臣氏、康是美是一定要的,而免税店也是不能遗漏的。让我满意的是大部分的商店,不会有一群导购围在你身边大肆推销产品,在这里,我可以很自在轻松地选购我需要的物品,不受外界干扰,有一个安静的购物环境。而在免税店的时候,我看到了大量的客车载着观光客来购物的"壮观"景象。

说起在台湾的日常生活,不得不说的是出行的交通方式。台北的捷运非常发达,市民出行的首选交通工具大多是捷运,速度快而且方便。除了我还不了解线路以外,对我来说,捷运几乎是完美的,基本可以到达所有我想去的地方。从收费角度看,台北的捷运与公共汽车价格都非常合理,而出租车的收费较大陆一般城市而言则有些高。但是我所遇到的出租车司机都非常公道,从来没有绕远路、多收费。有一次打车的时候由于我们的原因导致车需要绕一个高架才能回到宿舍，但是出租车司机主动将绕路所产生的费用退还给了我们，也让我看到了台北出租车司机的友善和慷慨。

游心之所向

大致上说完了生活方面，接下来要介绍一下此次台湾行的旅游景点。在休息的时候，我们会几人一组自行游玩。印象深刻的是台北故宫博物院和台北中山纪念馆。博物院里的展馆分不同的主题，每个主题下都有许多有详细介绍的展品。无论是青铜器、铁器、书画、玉石，都让人欲罢不能。

除了零散游玩的景点之外，还有最后三天统一安排的民俗文化之旅。这三天里我们乘坐大巴从台北到台中再到垦丁，沿途看了许多风景，也游览了不少著名的景点，包括客家文化园区、埔里酒厂、日月潭、垦丁、鹿港小镇等，感受到了台湾不一样的风采。尤其是日月潭，我们来回乘坐了游艇，在蓝色的水面上享受到了迎面而来的凉

台北中山纪念馆

风吹拂，这对于台湾炎热的天气来说是非常难得的。在第一天游览完了许多景点后，我们去酒店入住，舒服地睡了一晚后，第二天一大早吃完早餐，我们又踏上了行程。第二天我们主要游览垦丁。一到垦丁，我看见的只有那片蓝色的海。垦丁给人的感觉就是一个非常美丽的海边小镇，午后在海边游玩、静坐喝茶，都给人一种悠闲的感觉。晚上我们来到垦丁夜市，吃完了导游安排的海鲜大餐后就是自由活动时间。在看过垦丁的风景，享受过垦丁的美食后，我们入住了度假酒店。在台湾的三周时间里，这一晚的房间绝对是最豪华的。完美地度过了第二天后，第三天我们需要从垦丁直接返回台北，在途中我们又游览了鹿港小镇、天后庙等。这三天的游览算是台湾行美好的尾声。

终 感

　　尽管在这三周中有的时候感觉时间过得太慢,有点想家,但是真正到了离别的时候,我对台湾还是有些不舍的,还有不舍得此次一起相处的教授们、助理们。从教授手里接过证书,然后一个个道别,我才真正觉得我们要离开了。真的十分感谢所有人的努力,不光是台北大学的教授们,还有同行的大陈老师和小程老师,要负责那么多的事情原本就不容易,更不用说是在陌生的台湾。我知道在这三周中我们也有许多做得不够好的地方,感谢老师们的包容。很开心两位老师在同行的过程中和我们玩得愉快。在这个过程中,我们慢慢适应,慢慢融入,体会台湾不同的风景,感受台湾人民友好的态度,品尝台湾独特的美食。繁华的街道、静谧的小巷、现代与过去的穿插,都是台湾不一样的印记。这一次的台湾行我真的感受到了许多,我想我真的不会忘记这一次在大学生活中难得的体验。

宝岛漫记

詹浩然 （金融 142 班）

很久之前我曾有机会可以去台湾一次，那大概是在 2003 年，族里有位老人要赴台见分别多年的兄弟，说可以带我去。可惜临行前，我不巧染了水痘，第一次宝岛之旅就此泡汤。之后我懊恼很久，对宝岛的惦记又多了几分。这次借学校交流的机会赴台，也是了却了心里的念想。

临行雨纷纷

出发那天，宁波还在下雨，天气预报在不断提醒着今年即将来袭的第一场台风。此行注定不平凡。机场里，所有人行色匆匆，脚步飞快而有序。登机前，我透过登机长廊的巨大落地玻璃，看了一眼宁波的天，心里默想："回头见。"一个多小时后，我们便到达桃园机场了。

说起这一个多小时的旅途，倒是也有些趣事。我刚刚放完行李打算坐下时，头上便被一个人的手肘狠狠撞了一下。"肇事者"红着脸，不断向我说抱歉。一听口音我就乐了："没事没事，不打紧。听口音先生不是大陆人？"我摸着后脑勺被撞痛的地方，笑问道。那人见我没事便舒了口气，嘴角绽放了一个好看的笑容，说："对啊，我是台中人。"先生很是热情，向我介绍台中的风俗和景点，"我们那水果很多，到了你可一定要去尝尝。"很久以前就听说台湾的水果很好，最近几年，被冠了绿色之名后其价格更是水涨船高。"一直都很喜欢吃莲雾，到时有机会一定要去尝尝。"我说。"哈哈，莲雾是产在台南的，并多在临海一线，因为要引海水浇灌的。"见我露出吃惊表情，他解释道，"倒也不是像水稻那般泡着，只是出苗时淋一遍，这样长出的莲雾会更好吃。台中山地多，雨水多，莲雾很难栽活。"这倒是我第一次听说有这么一回事。"原来如此，看来多出去走走才能知道这些的。"我笑笑。聊了不久机舱光线渐渐调暗了，早上赶飞机的人多起得早，大家随着倦意袭来多沉沉睡去，而我却迟迟睡不着，反倒更加兴奋，直到飞机降落在桃园机场。

台北印象

一下飞机，海洋特征的气候便扑面而来。令我有些惊讶的是机场附近的房屋都很旧，甚至连远处可看见的台北市的建筑也是这样，原本在我的想象里台北的建筑风格应该与东京或是北上广等城市类似。而且我一路上都没有看见高大的起重机，看样子台北的建筑确实应该是许多年没有大改变了。

初至台湾

台北大学老校区在台北市西面，穿过一片高大的榕树林，迎面便是一座古色古香的小楼，颇有儿时想象中鬼楼的样子。"可不要有女鬼……"我一边为自己的念头感到搞笑，一边上前去帮那些女生拎行李箱。这次宝岛游一共来了 20 位同学，其中有 16 位是女生，这可"苦"了我们这几个男生，七手八脚地把行李箱一个个拎上楼，实在有点辛苦。

台北大学宿舍外的小巷

便利店趣闻

台湾有很多便利店，其中光是 7-Eleven 就有几千家。在台北，几乎每个路口必有 7-Eleven。而台北道路多呈井字，路口极多，由此便可知道，在台湾，便利店是多么密集了。

台北便利店和大陆的超市或是小卖部都极不相似。在我看来这些便利店简直就是超市、五金店、咖啡厅、打印店、书屋甚至自助取款点的"大杂烩"。第一次去便利店是因为我的行李箱在托运时给摔坏了。我问台北大学对接我们的林同学哪有五金店，想买些 AB 胶来粘粘。林同学问清楚我要买的东西后说："这个你可以去便利店买，在我们宿舍楼后面就有一家。"

我进了 7-Eleven 才理解为什么他们会对便利店有五金用品说得这么轻描淡写，更是明白了他们为什么会对便利店如此依赖。店里左侧靠墙的是整书架的各类书刊、杂志及当日报纸，书架对面货架上是各种功能的日用产品，小到纽扣、大头钉、漂白水、扑克牌，大到 T 恤、人字梯，甚至家用小电钻。跨度之大、品种之多实在难以想象，然而这些却又确实是家庭急用所需的。对门一整排的冰柜塞满了各类饮料、矿泉水，另一侧是分别装好的肉类及蔬菜，而中间则是零食，甚至还有酒、饭。隐秘的角落安装了取款机，而在收银柜台除了常见的香烟，还有热食及咖啡。整一间便利店紧凑而又高效，实在是恰如其名做到了"便利"

干净的马路

二字，令人叹为观止。以至于令我有种想在学校开一间便利店的冲动，这一经营模式无疑会大受顾客欢迎！

我在台北极多的采购都是直接在这便利店里完成的：每周取一次现金，购买早餐的米浆和三明治、平时吃的零食、夜宵……每次大包小包带回去，放进冰箱，要食用时只需微波炉加热便能饱餐一顿。空闲时我还在书架前翻阅当日报纸，与营业员聊聊天。去便利店实在是疲于出行时打发时光的好方式。

出行多了，去过的便利店多了，也能发现不同区域便利店的不同：信义区多商城，于是附近很多 7-Eleven 都有投币式手机充电站（10 到 50 元新台币一次，手机锁进一只带透明小门的柜子，钥匙由机主保管，这"家伙"解了我好几次燃眉之急）；在学校附近的便利店则多了扭蛋机；在宜兰，便利店书架几乎全是几米的书，还有各种明信片可以选购。

丰富而实用性极高的商品选购、街角的良好选址、疏密有致的分布密度……种种一切在最大程度上给人们带来便利的同时也赋予了便利店这一商业形式在台湾的成功。这对于大陆服务业的未来发展无疑有极大的启发——由大型零售购物中心向小型零售店的转变，这对于交通成本日益高昂的大城市来说无疑是非常合适的选择。

钢铁森林中的绿色

台北建筑多为 20 世纪所造,有的甚至是更早的时期建的。据说是因为拆房成本极高,于是台北的绿地资源便极为有限。我平时有散步的习惯,看着门口的榕树林感觉太小了些,于是刚收拾好床铺便在地图上找附近的公园,还果真有一个——大安公园。用完晚餐我便打算去走走,到了才发现公园极小,不论向哪个方向走不足五十步便又回到大街上了。倒是有许多老人在长椅上坐着休息,面色安详。一旁就是喧闹的新兴商业区,而公园内的人们却能依旧如此闲适,他们的神色打动了我,让我不禁也坐下,好好感受。大安确有不寻常之处,高大挺拔的杉树排成一列,极似白杨,其交错的枝丫又有幽幽竹林的意味。粗大的藤蔓伏在枝干上,从一棵树的枝头爬到另一棵树,在头顶张开来结成一张网,缠绕的枝蔓展现了它的年岁悠久。修剪整齐的草坪,浇过水后残留的水珠,在夜色的灯光中反射出迷离的色彩。这里确是一处难得的"大隐"之所。

回来路上,我更深切地意识到绿地的稀少及台北为挽留绿色的不懈努力:道路的扩建使得两旁的林荫道无处安放,于是在许多店家的门口会有花盆,或是市政府只扩建一边的道路,另一边依旧保留原貌。我常常会看见许多老建筑的楼顶长着一棵棵巨大的榕树,树根沿着墙缝,或是雨水管一路蜿蜒,在古旧的墙面上留下一幅美妙的天然画作;我曾看见在一排整齐的写字楼中间,莫名空了一块,一片精心打理的草地静静地夹在钢筋水泥之间。这份突如其来的惊喜,确实能使长久受困于水泥森林的人的心灵得到滋润。

诚品系列

恕我孤陋寡闻,我到了台湾才知道诚品,起初只以为是书店,后来到了诚品信义店才发现并非如此。至于后来去了诚品家居,我更是大开眼界。对接我们的同学告诉我们诚品 24 小时营业,夜间通宵看书的人尤其多。书店人确实超级多,每个角落几乎都能看见有人在站着看书。我可以看见有日语书籍区、宗教书籍区,还有简体字专区。我在简体字书籍区看到在看书的多半是当地人,而他们看的书籍主要是大陆经济介绍、旅游攻略等。

后来老师组织我们一起去诚品家居参观。这里确实是一处极棒的去处，家居特色与诚品文化的精髓在这里得到了最大程度的展现。各式精品手工艺品，其创意之大胆令人大开眼界，让人往往会恍然大悟——原来这个可以这样用。比方说在农村常见的丝瓜干，在这里被修剪成小方块，用作纯天然洗碗布，价格更是直接标到了 200 元新台币；火山石加工过后残留的碎石，被收集起来，其多孔的特征被充分利用，填入香料，配上简单厚实却又合适的铁制容器，便又摇身一变，成了家居饰品。

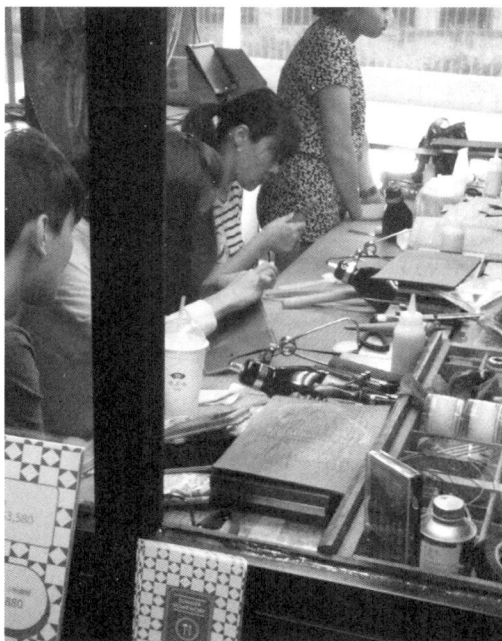

参观手工作坊

手工作坊被搬进店面，一本本牛皮日记本就在人们面前被制作好，摆到柜台售卖，消费者亦可自己亲手制作。玻璃作坊内工作人员手把手指导孩子吹制玻璃球。原本只存在于想象中的场景就在眼前，并可以亲身参与到生产一线体验手工的快乐，至于孩子们，则可在制作中体会到劳动的可贵，这无疑是一种极好的教育方式。对于商家而言，这同样是一种极好的经营模式。在大陆，DIY 产业已日益火热，然而许多涉足这一行业的人却往往难获成功。一方面这一产业多以年轻人创业的形式展现在人们面前，资金等方面的缺乏，使得获得盈利遥不可及，同时由于经营方面的经验不足，往往在早期的热度之后，便难以为继。另一方面，产业的潜在消费者亦以年轻人为主，DIY 规模小、成本高亦阻碍了消费者的脚步。

依托某一品牌打开知名度，再以品质获得稳定的消费者，这时在资金与市场上都有了保障，DIY 产业自然可以更易取得成功。

我的看法是，DIY 制作不是制作业的新领域，只是其中一条较小的分支，现实上不符合规模经济的准则，但现阶段这确实迎合了市场上规模不小的消费人群的需求。

尾 记

　　这次宝岛之行我确实去了不少地方，宝岛美景有许多是难以用言语来形容的。我写此文的本意也打算写写台湾的美景，不过最后写得也不多。

　　旅途及回来的这段日子，我无时无刻不在回想这些给我带来无限灵感的事物！刚刚回过头看看自己的游记觉得颇有报告的意味，如果再游一回，我要写的也多会是那里的人、那里的事。

台湾游记

程星柳 （中美金融 141 班）

台湾，对幼时的我来说，是一个既熟悉又陌生的地方。它是爷爷口中那个他差点去了的地方，它是余光中先生诗中仅与我们隔了一道弯弯海峡的地方，它是邓禹平先生歌中那个有着美如水的阿里山姑娘的地方。一切一切在心中的想象，终在今年夏天得以有机会亲自去验证，亲自去感受。

短短三个星期的游学之旅，因为有着台湾美景美食的陪伴，以及有趣的课程和交流活动而变得分外充实。早晨离开宁波时，为我们送行的是淅沥的小雨。一下飞机，心中的第一感觉就是"好热啊"，不由得后悔起早上的时候怎么偏偏换了长袖。短短一两个钟头的飞行，我们在不知不觉中就来到了此次台湾行的第一站——桃园机场。

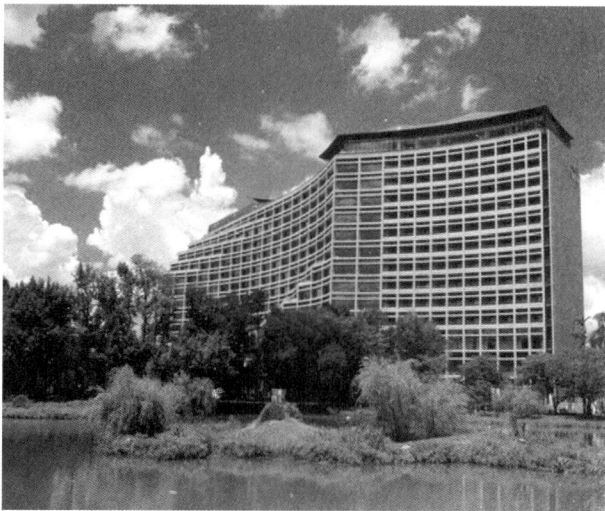

风景秀丽的校园

初见台湾

匆匆登上台北大学校方为我们准备的大巴，一路上的风景不必多说，倒是得好好介绍一下接下来我们将要入住的台北之家。我们入住的台北大学的这个校区坐落在市区中，完全看不出这竟是一个大学的宿舍区。刚刚走入学校，校内十几棵巨大的树瞬间吸引了我全部的注意力。这些树和我曾在厦门看到过的树一样，粗大的枝干上垂下一条条树须，就好像树为自己披上了一件长长的流苏衣。我向来很是喜欢这样的树，总觉得这些树须就是其外在的年轮，有种只有时间才能创造的积淀出的沧桑美。整个宿舍区即使在正午也显得清幽寂静，仿佛与不远处繁华喧闹的马路是两个世界。就因为这些树，我瞬间就喜欢上了这个临时的我们在台湾的家。

来不及等待太久，短暂的休息后，在台湾学长的带领下，我们准备去久负盛名的士林夜市。却不料即使在去捷运站这短短的一会儿，竟也有惊喜存在。在去的路上，一转角，竟有一面绿墙，绿意葱葱，宛如天成，奇异地与旁边的繁华马路毫不冲突。我在很早之前就听说过台湾捷运也是台湾的一大特点，心中自然隐隐有些期待和兴奋。老实说来，与之前我在上海曾体验过的地铁之旅一样，台北的捷运站内部同样现代大方，其设计有着简明的线条、明丽而又舒适的色彩。在捷运站内部乘坐扶梯的时候，我惊奇地发现扶梯的一边是空着的。此时，恰逢一班捷运到站，人们行色匆匆，走到扶梯前自觉分成两股人流，一股站在扶梯右边，另一股从扶梯左边匆匆跑上去。顿时我明白了，原来扶梯的一边空着是为了那些赶时间的人。在后来十几天的台北之行中，在乘坐捷运时，我常常发现捷运中爱心专座往往是空着的，即使旁边有很多人站着。我想，也许这就是一个城市所谓的"软件"吧。

台北士林夜市——蚵仔煎

到达士林夜市前还有个小小插曲不得不提。因为种种原因，我们小分队中有三人一不小心竟然下错了站。虽然与大部队只是分离了短短的几分钟，然而对于手机只剩下看时间功能的我们也算是小小的冒险了，这同样成为我们敢在台北市里毫无畏惧地"走走走"的小小心理基础。士林夜市规模很大，"眼花缭乱"才足以描述夜间士林的繁华。美食区到处是各式各样的台湾小吃，有金黄色的超大鸡排、香气四溢的大肠包小肠、特有的炒花枝、青蛙下蛋、三兄弟豆花、炒蟹脚等。望着满眼美食，摸摸已饱的肚子，无奈之下我只好默默安慰自己："来日方长，不急，不急……"

学访宝岛，带走知识

在我们三周的行程中，除去周末以及最后三天的环台游，我们每一天都有着丰富的课程安排，或是上有关金融的课程，或是去一些机构参观，并不只是一味地待在一个在哪都大同小异的教室里上课。

台北大学商学院交流会

　　而在这其中,给我留下最深刻印象的莫过于由林育腾先生为我们上的"创业—新创业"一课。说实话,在上这节课之前,我认为这节课对我而言不过是一节可有可无的课,但上完后,不知怎么的,我瞬间有了一种视野大开之感。之前之所以会有这样的看法,是因为我从来都没有过想要自己去创业的那份激情与冲动。在我看来,创业是风险的代名词,是安稳的反义词。而我又是一个生性安稳的人,觉得有一份安稳的工作对我来说就已经足够。林先生在最通常的创业情况外,为我们讲述了两种不同的创业类型——创业型公务员和创业型上班族。在关于创业型公务员的类型方面,林先生给我们讲了个有趣的故事。日本熊本是一个财政困难的农业小镇,但在一位新手公务员加入后,情况开始变得不一样了。该公务员利用熊本县名有"熊"的特点,创造了一个全新的卡通形象——熊本熊。短短几年,熊本熊的受欢迎程度甚至超过了Hello Kitty(凯蒂猫)。凭着这份创业精神,熊本县仅利用约 9000 万日元的预算,就创造出约 1232 亿日元的相关产值,而该县也因为熊本熊成为日本著名的旅游胜地之一。同时,好的创意同样也需要有好的创意活动才能去支撑。在这个经典案例中,政府为了加大熊本熊的影响力,放弃利润,公开进行招商,只要有一份好的企划书,就可以免费获得熊本熊的使用权。这一创意举措,使得熊本县政府在短短的时间内就收到上千份企划书。而在关于创业型上班族这一类型上,老师举的例子对我们来说更加熟悉。黄明瑞是大润发的一名员工,他奉命前往大陆筹备大润发分店相关业务的开展工作。这个量贩业门外汉,凭着创业精神,几年就开出一百家店。企业内部同样会有内部创业,黄明瑞正是抓住了这次内部创业的机会。通过这两个案例,我豁然明白所谓创业,并不仅仅局限于所谓的"创业",即使选择当公务员,或去企业上班,创意仍会使你的人生不一样。还记得我们曾看过的一句话吗?"我想做个平凡但不平庸的人。"这句话很美,但其实往往大多数时候人们会以这句话为美丽的借口,来掩盖自己懒惰、不爱思考的劣习。

　　创意,在我们的生活中比比皆是,甚至可以说,我们生活中所使用的每一件东西,哪怕是很小的物件,都是创意的体现。有一个好的点子,往往就意味着有一条好的捷径。去年很是火爆的冰桶挑战就是创意募捐的一种表现形式。我们都知道,冰桶挑战很火,很多名人都参与了进去,却不知它的具体收益。这个冰桶挑战通过指定三人接力的形式,结果募得了令人惊异的上亿美元的善款。而我们参加这个暑期台湾夏令营,更多的是为了能够体验不同地区、不同学校的教育模式与学习模式。在这些天的体验中,我发现台北大学很注重实践,这也恰是这几年来大陆的大学及整个社会都很强调和注重的地方。

我们了解到,台北大学有一个自己的台北大学创新园区,有着群聚的特点,店面多,可以延成创意大街。此外,他们还组织安排了企业参访,举办"爱宝岛商城""北大创业论坛""北大甜心""宝岛创意竞赛"等一系列多彩的活动。同时,在课堂上,我们也同台北大学的同学交流了我们学校的创意活动,例如十佳歌手比赛等。特别让我兴奋的是,中午的时候林先生特意带我们去附近的幽幽小巷中体会了一餐味道浓烈又很好吃的风味小菜。几个简简单单的菜,却比那些装修良好的餐厅中摆盘精美的菜多了几番别样的滋味。

在这些天里,我们学习了台湾保险业发展与现况、期权单/复式策略的灵活应用与风险管理、以基金进行轻松管理等课程,可以说,每一天、每一课都值得一提,都有其独特的精彩之处,各位老师或幽默,或严谨,或博学。台北大学校方为我们安排了去台湾证券交易所、龙应台文化基金会、期货交易所等机构参观的活动。虽然在参观时因为对这些领域几乎没有了解,我并没有提问题,然而深处其中,我还是感受良多,就如童话中那个乡下小伙子进入繁华的城市后产生的那份新奇以及莫名的崇敬感。不过有一个遗憾,本来那天上午我们打算去参观日盛公司的晨会流程,这本是一次千载难逢的机会,结果因为这淘气的台风只好无奈地放弃了。

遍游宝岛,留下足迹

台湾之旅自然少不了赏美景,吃美食。几乎每天下午,在结束一天的课程后,我们小组三人都会迫不及待地跟随着手机导航奔向台湾的著名景点,或是著名夜市。即使在周末,经历一周奔波的我们往往在周六睡到中午才不情愿地起床,然后又马不停蹄地奔向下一个景点。对了,我们小组可是有着一个很霸气的名字——小马达三人组!

台北车站向来是一个著名的景点,而我觉得,淡水车站别有一番滋味。淡水日落在台湾是著名的风景,但我没想到,淡水车站就已经给了我一份精彩,红棕色的砖瓦,有种历史感,很是迷人。走出车站,顿有豁然开朗之感,外面是一片宽阔的广场,洁白的石板,宝石蓝的天空,广场上的绿树荫荫,映衬着一大片海。海风很大,我们怀着激动的心情奔向栏杆边,全然不顾头发的散乱。虽然不能下海嬉戏,但海风中所混杂着的海独有的腥味,已经如催化剂般,引发了我们内心的疯狂与激动。短暂的各种拍照后,我们就奔向旁边的夜市,整整几条街,满满的都是各种美食。酸梅汤、淡水铁蛋、鱼丸、各种烤鱿鱼和烤花枝……实在是数不胜数。因是在海边，一些餐馆的前面摆满了各种海产品，如孔雀蛤、生蚝、海瓜子等。夜幕降临的时候，海边的一条街上的灯都亮起来了，熙熙攘攘的人群，五光十色的各种招牌，让我不由自主地想起了画报中那幅灯光璀璨的夜市街景图，而此时此刻，我正是画中的那一点。紧接着，本着玩得尽兴的原则，我们又来到了渔人码头。因是夜间，我们无法参加出海捕鱼的活动，但海边也独有一番韵味之美。情人桥在夜间变幻着色彩，走在桥上，海风更大了，简直有要把人吹走的架势。然而也许是因为夜色的感染，海风强势却又不失温柔，让人想好好地冲着大海多喊几声。在情人桥上向下看，海边停泊着几十艘船，一路望过去，海的两岸皆星光点点，不知这是否是人间的银河呢？走下情人桥，同样是一片广场，旁边有一座如轮船又如城堡的酒店，我想，这正是"面朝大海，春暖花开"啊！

来台湾自然有两个地方不得不去，101大楼和台北故宫博物院。台北101大楼楼高509米，地上101层，地下5层。我们是在傍晚来到这儿的，在大楼的地下层，我们欣喜地发现这里有美食区，价格适中，味道不错。大楼的地下一楼到四楼都是购物中心，特别值得说的是，101大楼是一座办公大楼，它在规划初期的原名是台北国际金融中心。它高高耸立在台北市，是台北的一个地标。晚上大约八点时我们通过搭乘列入过吉尼斯世界纪录的最快速电梯登上了观景台，乘坐时的兴奋让我忘记了耳朵的不适。台北夜景像是一幅盛世繁华图，几条街道如闪亮的金色绸带，从各处汇聚，又延绵至各处。两边略显暗的建筑群看不出高低，星星点点，我想不必多说，一个"美"字足够了。

台北故宫博物院依山傍水，黄墙绿瓦，有一番精致典雅之美。提起台北故宫博物院，不少人心中的第一印象就是翠玉白菜。但真正进入博物院后我发现，其中其他展品很多也很美，如各式书画、金石、玉器、陶瓷……虽然不能拍照留念，但我们也大饱眼福，欣赏着这些中国古代文化的沉积，每一件都是历史的讲述者，时光并不能抹去它们的美。我们小组三人同样排队去看翠玉白菜，翠玉白菜翠色晶润淡雅，白色通透无瑕，其上还有两只活灵活现的昆虫。

在这些天里，我们还去了很多地方。台北中山纪念馆的气势恢宏、花莲的茵茵绿意、各种夜市的繁华热闹、文创园区的小清新……只可惜无法一一详述。最有趣的是我们竟然在短短的十几天内去了七八次西门町，果真那里是我们的最爱。也正是因为西门町导致我不得不拖着大包小包回家，真是不知对它是该爱呢还是该恨呢？

最后的三天，我们参加了短短三天的环台游。从台北出发，到台中、台南和屏东去。此行的重点是日月潭和垦丁，其间穿插一些小的景点。日月潭环

南湾沙滩

湖重峦叠峰,湖面辽阔,潭水清澈。听导游说,它之所以得名"日月潭",是因为以潭中一小岛为界,北半湖形状如圆日,南半湖形状如弯月。因为时间的关系,我们只简单地参观了其中的孔雀园。我们去的时间很是凑巧,正是孔雀开屏的时候,我们幸运地看到了蓝孔雀和白孔雀开屏的全过程!当然,作为"吃货"的我们,自然还一一品尝了日月潭著名的茶叶蛋,的确很弹很滑。日月潭的著名不仅仅在于其自然风景秀丽,还在于玄奘寺,在玄奘寺中供奉着玄奘大师的舍利是众多善男信女前去朝拜的原因之一。

　　来台湾自然必须得来垦丁。垦丁是台湾的南部小镇,无法想象昨天早上我们还在台北呢,眨眼间我们就跨越了整个台湾岛。这儿四季常青,一路上我们就看到了不少高大的椰子树。猫鼻头、鹅銮鼻、船帆石,都是垦丁的著名景点。但光是看看那幽蓝到清澈的天空,映衬着湛蓝到极致的海洋,就已经不虚此行了。虽然因为没带泳衣,我们只好在海边嬉戏,但因为这迷人的天空和大海,心中的愉悦没有减少半分。夜间我们品尝着便宜却又清甜的台湾水果,真是幸福。

　　说实话,在最后一天的返程途中,我已经有些精疲力竭,但心中却是满满的满足感。想起来这边的初衷,是为了能够拓宽眼界,我想,这三周的台湾之旅,我用自己的眼睛看到了一个真实的台湾,台湾不再是书中或歌中那个遥不可及的地方。我用自己的双脚去丈量了台湾,而在这过程中,每个人都获得了不同滋味的糖果。我想,"满载而归"就是对这次台湾之旅最好、最完美的诠释。

感台北之行

蒋逸冰 （国贸 122 班）

　　台湾与福建不过一水之隔，航程之短致使一行人在踏入桃园机场的那一刻依然心生恍惚，然而台北这个城市特有的温柔和清新的气息却分明扑面而来。机场的工作人员轻声询问："是来读书吗？念哪一所哦?"声音温柔好听，

台北 101 大楼

那是我第一次直面台湾腔，让我对这个即将要生活三周的地方更多了一份欣喜和期待。

感学术氛围

抵台的第二天我们就进入了全天上课的模式。我们见到的第一位老师是极富亲和力的涂教授——大约五十开外的年纪，在闷热的夏日里，教授却敬业地穿着全套西装给我们上课。开篇讲的是理财规划课，是由寒暄打开话题，涂教授讲课生动、抑扬顿挫，课堂气氛轻松。他时不时地停下来问一问："我讲得不快吧？"好似温厚的邻家大伯，一扫我们初来乍到的不适感和生疏感。提到刚到美国念博士时的境遇，他仿佛年轻了几十岁，手舞足蹈地描述当时的种种趣事。他说："可是我还是要回台湾，中国人讲求根源，那我的根就是在这里。"涂教授的家乡在台中的一个农业县，是台湾有机农业的基地之一。他说起自家的草莓，脸上的表情如同他说起台湾一般自豪。由草莓再联系到台湾如今的朝阳产业之一的有机农业，涂教授说："台湾现在是世界上排名最高的有机农业生产基地之一。"在食品安全方面台湾确实走在前列。据我所知，大陆的有机农业基地仅仅在数个一线城市周边有零星分布，大多数人对于有机农业的概念依然是模糊的；而在台湾，有机农业已经是一个大众普遍接受的观念，拥有广大消费群体，由台中到台南的西海岸沿线均分布着较大的生产基地。"我们的想法是以观念带动消费，从线上 app 或者 site 的模式发展到线下。"这种逆向的发展思维确实颠覆了我们之前的思维模式。"大陆拥有 13 亿人口，具有得天独厚的市场优势；而台湾需要优秀的营销人才，推动有机农业发展上下产业链以及周边产业。近期推动的两岸服贸协议事实上也与之相关。"两岸在贸易上扩大交流可谓是人心所向。

在我们抵达台北的前不久，发生了八仙乐园粉尘爆炸事件，大量的受灾群众面临着医院无法提供足够的床位以及因无法支付巨额医疗费而无法接受治疗的遭遇，新闻报道说医院中有很多善良的台北市民自发地让出床位给此次事故的受害者。在此次事件的大背景下，林教授给我们解释了对风险进行评估、风险预防的必要性以及预防风险的手段。以一个三度烧伤的病患为例，林教授通过计算其实际的生理和心理的治疗费用、皮肤移植的费用、复健费用以及在此期间损失的有机成本，结合台湾现有的有限的社会福利保障制度，用直观的数据让我们对未雨绸缪的风险预防有了更为直观的概念。在此基础上，他详细地讲解了风险预防的几种有效措施，以及股票、基金、期货期权和保险，引入了多数财富积累者更重视的"以钱生钱"观念，并着重介绍了保险的种类，一扫我们之前对保险推销员的众多误解。

访企业园区

在李克强总理"大众创业、万众创新"的号召下，我们自然对台湾大学生的创业现状感到非常好奇，而我们所交流的台北大学正是一所具有创新创业园区（"北大创业家"）的学府。风度翩翩的企业家兼"北大创业家"的名誉董事的林先生是这样给我们解读李总理的号召的："大众创业、万众创新"并非让所有人去创业，而是仅仅由少部分人去完成创业的事业，大多数人则负责开发或优化已有的项目，创新才是总理真正想要提倡的趋势。

文化创新的行业同样是如今台湾的朝阳产业之一，在台北每个月都会有一些文化展馆对外免费开放。一天下午，在"北大创业家"的几位大学生的带领下，本次交流的全体成员参访了松山文创园区，据说每逢五六月份全台湾高校的建筑系都会在此一较高下。在台湾还有华山文创等多个文创园，也反映了台湾文创产业的发达。

参访是研习中很重要的一部分，帮助我们拓宽视野。对龙应台文化基金会的参访尤其使我记忆犹新。基金会的负责人是个年纪与我们相仿的大姐姐，除此之外常驻员工四名，平时活动的宣传和工作开展多半由附近大学的学

展览

生志愿者帮助完成。工作人员向我们分发了他们近几期活动的宣传手册,内容有社会热点问题讨论,也有名人访谈。负责人向我们详细讲解了基金会的运作模式,从选题到活动策划,再到公关以及活动基金来源。与管理者的交流也是一种锻炼,我们可以自由提问,而不再是木讷的旁听者,从她的回答里我们能感受到一份文化沉淀感以及社会使命感。

除此之外,我们还在卓老师的带领下参访了期货和证券交易所、台北大学三峡校区等。每到一处,我们均可自由提问,这不仅解答了我们心中的疑问,增长了我们的见识,而且培养了我们的看待问题的发散性思维。光有理论的充实是较为肤浅的,实践的经验积累更为可贵。

行走在台北

我一直认为在一个城市旅行和生活完全是两码事。旅行的心情更为急迫,对一切都感觉新鲜,比对着各式的旅行攻略出没于各大景点,生怕在有限的时间里来不及把台湾看个遍。好在我们住的本就是台北大学的宿舍,加上学生的身份,心态反而平和了,足以静下心缓慢悠闲地在城市里散步。城市不大不小,人与人以一种舒服的距离和关系相处着。城市建设的细节体现着人文关怀,从捷运的排队线和等红灯的时长可见一斑。台北可以算是全世界最

青田街

适合散步的城市之一：永康街、汀州路、涂鸦街、厦门街、西门町……各有特色，各有韵味。

悟人文精神

我想台湾人很善于保存，从习惯到文化，再到情怀。我迷了路，向台湾女孩问路的时候还被顺路带了一程。围坐而食的小火锅似乎也是台湾的饮食特色，邻座的大伯听说我们来自大陆，热心地推荐了一些台湾鲜为人知但很有意思的景点给我们，对家乡的热爱和自豪感溢于言表……

"也许它硬件不够新，也许它民怨从不断，也许它矛盾也不少。没有完美的地方，没有完美的制度，没有完美的文化，它也许不是最好的，但的确没有什么比它更好了。"愿我也能抱着这样的心态舒适地生活吧。

深度游台湾

李　妙　（国贸 123 班）

　　宝岛台湾是我一直向往的地方。我仍记得第一次去时台湾给我留下的深刻印象：道路干净整洁，人们热情礼貌，每个城市井然有序，却不失那年轻充满活力的一面。今年暑假，我有幸和我的小伙伴一起，再次踏上了台湾的土地，进行为期三个星期的交流活动。上次旅行只是匆匆而过，但这次，我有三个星期的时间，可以好好了解这个充满魅力的地方。

可爱的宜兰火车站

学习专业知识

　　我已是大四的学生,但并不是金融专业的学生而是国贸专业的学生,所以对于老师上课所讲的保险、基金、股票、期权、期货之类的知识,学起来稍有些吃力。在此之外,我能感受到不少台湾的老师与我们自己学校的老师授课方式不同的地方。相比较而言,台湾老师的课堂更加轻松活泼,老师与学生的互动更多,每个同学都能得到发言的机会,而且老师们也非常注重学生的意见。

台北大学三峡校区附近的莺歌车站

　　此外,老师们在注重理论的基础上,也非常注重学生的实践活动。比如林育腾老师,就在上午上完理论课后,下午带领我们前往在台北的松山文创园区,帮助我们对上午学习的知识进行巩固,以便于我们更好地理解。同时,我学到了很多我以前从未接触过的金融知识,使我拓展了视野。比如,卓必靖老师就教了我们期货的定义与特性、股价指数期货的定义与种类、期货的保证金交易和交易成本、股价指数期货与股票交易的比较、期货交易的操作技巧和策略的架构以及风险管理等。这些是我以前从未接触过的。我虽未能深入理解这些内容,但相对于以往来说,略懂了些皮毛。卓必靖老师还教了我们关于期权的很多知识,例如期权的定义和特性、期权的市场参与者、期权与期货投资模式的差异、影响期权价格的因素、期权交易策略的制定原则、期权的策略规划、期权获利的超限战略、期权与期货的合成操作、期权规避持股风险以及期权的新发展等。而且在课程结束后,卓老师还带领我们前往证券交易所、期货交易所等进行参访,让我们动手进行实践,加深了我们对新学内容的印象。再比如,陈玉水老师和我们分享了台湾保险业演进、台湾保险商品发展与销售、台湾的财富管理与银行保险、台湾保险业的现况以及台湾保险业的发展契机,彻底改变了我以往对于保险业那种"安利"式推销法的印象,原来保险业是那么与众不同的。还有涂登才老师,他向我们介绍了如何以基金进行轻松理财规划,也使我对用基金理财有了新的理解。总之,这些专业知识让我大开眼界,让我学到了许多自己专业课以外的知识,丰富了我的经验,让我觉得此次交流行收获满满。

台湾美食与人文

说起台湾,我最最最不能忘记的当然就是台湾的小吃了。台湾小吃可是赫赫有名的,光提起"台湾小吃"四个字就让我想流口水。台湾小吃中最具有代表性的莫过于蚵仔煎。我最喜欢坐在小桌子前,看师傅们如何做蚵仔煎。

热闹的西门町

师傅们首先在平底锅内放入少许洗净的新鲜的蚵（海蛎），倒上少量油，蚵在油的浸润下边缘泛起了一层层的小泡。然后师傅们淋入调制好的粉浆调料，每家的调料中用料和比例不相同，这是各家的独门秘方。然后等快凝固时打入一个蛋并弄散煎到半熟，加入少许小白菜在面上，等小白菜熟了就可装入盘内。最后再淋上美味的酱汁，蚵仔煎就做成了。热气腾腾的蚵仔煎，香味浓郁，一口咬下去汤汁饱满，蚵仔鲜嫩，简直是人间美味。除了蚵仔煎，炸鸡排、臭豆腐、盐酥鸡、米血糕、甜不辣、卤肉饭、肉圆、担仔面、牛肉面、芋圆等都是台湾知名的小吃。凤梨酥、牛轧糖等台湾特产的烘焙美食也是知名的伴手礼。

除了美食，台湾的民众也给我留下了深刻的印象。在公交车站和捷运站，永远能看到人们安安静静地在排队，即使人非常多，也听不见大声喧哗或者吵闹，上下车也都非常有秩序。在车厢里有的人低头玩手机，有的人小声交谈，也有很大一部分人拿着一本书聚精会神地看着，抓住这紧迫的上下班时间，不断地汲取知识。台湾人的好学也令我十分佩服。在各大诚品书店里，到处都是看书、买书的人。人们大多席地而坐，津津有味地读着自己喜欢的书。台湾的服务业发达，服务人员素质极高，也令我叹为观止。7-Eleven、全家等便利店遍地开花，一条街上几乎每隔五十米就有一家，而且 24 小时营业，若是半夜想

著名的西门红楼

吃夜宵，出门走个十米就是。便利店之所以为便利店，是因为它不但能让人买到食物和生活用品，而且提供收水费、电费、电话费等服务。不但如此，便利店里大多设有自动取款机，可以方便存取钱。更方便的是，人们可以在便利店订购汽车票、火车票、飞机票等，甚至可以订购演唱会门票！这真是令我惊叹不已。而且服务人员轻声细语，服务周到得令我受宠若惊。从头到尾"您好""欢迎光临""谢谢""再见"不绝于耳，态度温和有礼，令我感觉宾至如归。后来，我还在诚品的网上书店上买了书籍，在购买过程中发生了些问题，客服在收到我提问题的邮件后非常快地帮我处理好，服务的态度以及速度和质量令作为消费者的我非常满意。

台湾观光游览

利用周末的时间和最后三天的时间，我和小伙伴们去了不少地方，例如九份、宜兰、苏澳、台中、垦丁等。每一个地方都各有特色。其中我最喜欢的就是苏澳了。那个星期六下午天气晴朗，我们一行几个人去了苏澳的海边。海水清澈，透明见底，甚至能看到远处因有暗礁而显示出的不同颜色的海水，还有白色的浪花不停地翻滚着。苏澳的海滩不是由沙子组成的，而是由极小的石子组成的。一到海边，小伙伴们都像脱了缰的野马，疯狂地冲入海中打起水仗来，即使浑身湿透也不在乎，即使顶着火辣辣的太阳，大家也玩得兴高采烈。玩好后，我们坐在海边的咖啡馆里，一边等衣服晒干，一边喝着冷饮，一边吹着海风，别提有多畅快了。

苏澳的海边建筑

　　说起苏澳,我想起台湾的火车也非常有特色。看起来是旧旧的绿皮火车,但是内部非常整洁,而且开着空调。火车慢悠悠地晃着晃着,大概一个多小时就能从宜兰到达苏澳。而且火车票是小小的一张,只要不是过了时间点,你也可以早于票面时间上车,非常方便。上下车也没有人检票,都凭自觉。

　　除了苏澳的自然美景,我觉得各式各样的夜市也是台湾的美景之一。士林夜市、六合夜市、逢甲夜市、饶河夜市(饶河街观光夜市)、垦丁夜市……数到我手指头都掰不过来。相对于比较商业化的士林夜市,我更喜欢饶河夜市和垦丁夜市。

　　饶河夜市主要是长长的一条街,从头根本望不到尾,旁边还有几条小岔路岔开。我想夜市应该是台湾夜晚最热闹的地方了吧。夜市里人潮涌动,老板们的招揽声和顾客们的讨论声此起彼伏,各式各样的小商品琳琅满目,各种新鲜食材摆满了整个摊位。人们手中或提或拿,满载而归。相对于饶河夜市,垦丁夜市更加开阔一些。夕阳西下,摊主们纷纷开始活动,把摊位设置在垦丁大街的两旁。

著名的饶河夜市

除了食物和商品之外，夜市还有很多的娱乐活动，比如打气球、投沙包等。花上几十元新台币，若运气好，就能抱个小公仔回去，也不失为一个好的选择。在夜市里，大家都自觉跟着队伍慢悠悠地移动着，空出中间的道路给汽车经过。

台湾游学总结

我十分庆幸自己有机会参加这次活动。首先，台湾的一切，都让我觉得非常新鲜，我和小伙伴们在每天下午四点下课后，都会选定好目标去不同的地方逛逛，感受不同的风土人情。这些天下来，我们去了二十多个地方，每个地方都有自己不同的特色，令我眼花缭乱。其次，我和我的小伙伴们从不认识到认识，到打成一片，结下了深厚的友谊，而且我还收获了来自台湾朋友的友情。直到现在，我们也还保持着联系，时不时问候彼此。最后，我学会了从不同的角度去思考问题，去解决问题，学会去用实践来加深对所学知识的印象，这对我而言是非常宝贵的经验。宝岛台湾地大物博，在临近回来的时候，我和小伙伴们都非常依依不舍，感觉三个礼拜的时间过得太快。

我非常感谢我们的老师和我的小伙伴，希望有缘我们能再次一起旅行。

宝岛风景看透，却念最美是人

施小逸 （国贸 141 班）

经过不到两个小时的航程，我们就到台湾了，刚下飞机就可以感受到一股热潮迎面而来，就像台湾本土的人文气息一样，热情与活泼。然后我们坐在大巴上，来往的人群，平坦的马路，路边还有些合着卷帘的店铺，是我们与台湾的初次邂逅。不到一小时，我们就到达了将要住上三周的台北大学的宿舍。而我们的台湾之行也真正拉开了序幕。

台北大学宿舍——女生房间

上课与交流，文化的互动

我们来台湾的主要目的是学习交流，为期三周的上课与学习，让我们感受到了台湾教学与众不同的幽默和亲切。给我们上第一节课的是涂登才教授，他是经济学博士，毕业于美国艾奥瓦州立大学，他是美式教学与中式教育共同培养出来的，他头发灰白，始终带着笑容，很亲切。他以"几岁退休以及准备多少退休金"的问题开始了他的课程——以基金进行轻松理财规划。

在得到众多同学对于上述问题不同的回答后，他给我们列举了些特别的例子，以身边亲戚的真实案例，告诉我们理财和不理财的区别，引发我们思考，让我们切实感受到了理财的重要性，同时也引发我们思考目前的自己应该为未来的自己做哪些努力。作为一名大一学生，我接触的专业课程不多，所以上课时不能像大二、大三学生一样理解一些专有名词，但是从他简单明了的教学中我也明白了理财规划的基本观念。课程9点开始，12点结束，其间，教授与学生的互动内容、教授给我们留下的问题，虽然都是生活中常会碰到的，但也引起了同学们的深思，以为自己的将来做充分准备。

而与涂教授上课方式不同的林教授，把自身经历作为课程的主要内容。他说他是典型的不爱学习的学生，从初中开始就想着如何赚钱，初中卖录音带，高中卖衣服，而到了大学，他认识到了知识的重要性，开始投入到专业学习中。也许是过早步入社会，他的经验也比同龄人多很多，在股票行业也有自己的心得。他的教学以经验为主，知识为辅，我们对他的经历更多的是敬佩。让我觉得很棒的是，每个老师的经历虽然不同，但他们的目标一直都很明确，并且很早就知道自己将来想要干什么，将来如何赚钱，如何学习，如何成为一名成功的人，也许他们不一定达到目标，但是他们都努力去做了。这是我尚未做到的，也是我作为一名成年人最惭愧的地方。

还有不管是哪个老师，上课都引经据典，尤其是古诗词之类的，让我觉得台湾对于传统文化教育的重视。即使是专攻经济的教授，都会经常引上几句《论语》中的话，说真的，这真的让我感受到了中国文化的博大精深。不管是哪个教授，在课堂的最后都会为我们介绍一些台湾好吃好玩的东西和地方。涂教授在课后也给我们讲了不少自己旅行的心得。他说，他当初刚到美国时，第一件事，就是在机场搬了箱书回去，不是专业类的书，而是一些美国旅游的心得体会，这让他更快地适应了美国的生活，了解到了美国的文化。所以他希望我们在游玩时,不仅仅是去看,去吃,还要去理解,去感受。而林教授就是个典型的"吃货",他和我们分享了一些他最喜欢的台湾小吃和零食,这也让我们对接下来在台湾的行程更加充满了期待。

台北大学宿舍大厅一角

给我留下深刻印象的还有林董事长,他给我们教授创新与创业课程。当你第一眼看到他,第一反应一定是:他腿好长。他还不到四十岁,但是头发都灰了一半,可他真的很帅,是在商界打拼翻滚时磨砺出来的那种稳重的帅!他的人格魅力使我整节课都聚精会神地听着。他的教学内容更多是实战经验。他是一名教育者,但更是一名商人,独到的眼光是必需的。他给我们的第一个任务就是做一个 60 秒的独特的自我介绍,这让我们措手不及。从小到大我最讨厌的就是自我介绍,不停地重复自己的名字、家乡、特长、喜好、专业。在所有人的自我介绍后,林董事长对每个人的自我介绍进行了评论,并提出了一些意见。这让我们知道这不仅仅是自我介绍,也是自我推销。如何让他人注意到你,如何给他人留下深刻印象,都是成长中必不可少的重要经验。在下午,他直接带我们去了华山文创园区,让我们组队,自己去体验不同的创意商品。华山文创园区很大,东西很多,这是我的第一印象。走进楼里,每经过一家店,我们都会忍不住进去看看。园区里有很多我见过和没见过的东西,还有见过的但是经过改造创新的东西,这也让我很感叹,为什么不少东西大陆都有,但是却不能创新得这么棒。园区的大部分商品都引起了我的购物欲,真的很棒也很吸引人,它们的做工都很细致,质感也很好,看着就是很"良心"的商品。我也懂得了林董事长给我们上这堂课的原因,创新在创业中是举足轻重的。

给我们上期权、期货课的卓必靖教授,是个典型的教授型人才。他戴着厚厚的眼镜,高高瘦瘦,时而木讷,时而风趣,是个中规中矩的老师,他的课也是这样。他会把知识面的东西讲得很仔细,然后穿插些担任台湾中华理财教育协会教育训练执行长的经验,不至于让课堂太无聊、太古板。相对于股票来说,我们对于期货更加陌生,现在基本接触不到,所以卓教授一开始就介绍其定义:期货是一种合约,合约双方约定未来某一时点,以现在决定之价格的数量等相关条件交易某一标的物,或于到期前或到期时结算差价之合约。这都是模糊的概念,期货到底是什么,如何操作,我完全不晓得。而且我们这一行人几乎都没有接触过期货,这几节课听得云里雾里的。还好之后行程安排我们参访期货交易所,参观交易现场,并且邀请了理事长为我们解答疑惑,还让我们进行模拟期货交易。期货这东西没有足够的专业知识和经验,还有一些运气,最好是不接触,它盈利很大很有诱惑力,但是亏损也是无底洞。

每堂课都可以学到不同的东西,我觉得经验比知识更多,而且教授以自身经验侃侃而谈时,往往更加吸引人。知识是死的,而总结出来的经验能让学生懂得更明白些,所以不管是哪个老师,他们的经验都是我这趟旅行的最大收获,让我更好地去了解这些领域的不易和实战之重要性。

参访交流,更直接与透彻

上课的时间过得很快,每次感觉听了没多久两个多小时就过去了。单单上课肯定会显得乏味,所以在学习期间,我们还参观访问了龙应台文化基金会、证券交易所、期货业商业同业公会、期货交易所、华山文创园区、台北大学三峡校区、陶瓷博物馆等地。参访龙应台文化基金会时,翻开基金会的介绍手册,一个投资人的名字一下子吸引了我的目光:林青霞——当年的女神。随后基金会的相关人士介绍说他们有文化沙龙活动,这让我真正体会到文化的传承和时代的更新。他们有一群年轻志愿者,一次会想一个主题,主题往往和社会问题有关,大家先进行一场讨论与交流,大家展开头脑风暴,自由发表言论,然后请一位与主题相关的名人来演讲,旁听人群大部分也是青年,而且每场沙龙的旁听人数都有两百人以上,大家共同进行一场简单的文化之旅。他们最初有这个想法是因为觉得近年来年轻人讨论的话题大多数都是八卦,那么为何不来一场关于社会问题的讨论，让更多人关注这些问题呢？这个想法我觉得很实在。基金会的人很积极，基金会有一群有想法的志愿者，大多数是大学生，有位年龄最小的还是初中生。至今他们已举办过很多场大型讨论会，而且场场爆满，也很成功，这和他们的努力与认真密不可分。

龙应台文化基金会参访留影

参访各个交易所的过程其实是差不多的，上课—解答—模拟，但是每个人所获得的东西都是不同的。比如我是一名大一学生，学到的可能更多是概念和初步了解，而学姐学长学到的则更多的是实战方法与经验。参访是一种最直接的学习方式，让各个交易所的经理为我们讲述他们的工作和经验，这让我们学得更快。而且有不少同学早已涉足股票，这趟游学之旅，也可让他们之后的投资更有自己的风格。而对我来说，我并没有玩股票或者是期货，学到的也许是皮毛，也许只是浅显的东西，但是这一过程也激发了我对期货、股票学习的兴趣，也拓展了自己的视野。

吃喝玩乐，一样不少

　　学校的时间安排其实十分合理,早上九点开课,中午下课,吃好午餐,小午睡,下午一点开课,四点下课,然后就是自由活动时间。自由活动期间我们可以自己安排行程,和小伙伴约好后搭捷运去各个地方。因为宿舍就在市中心,交通很方便,捷运站就在旁边,充值一张悠游卡(台北的交通卡)也是很方便的。在来到台北的第一天,林学长就带我们去了不远的士林夜市。都说来台湾最不能错过的就是小吃和水果,小吃最多的地方当然是夜市了。密密麻麻的商铺,偶尔还会有小地摊,行人并不会挤来挤去,而是有秩序地靠右走。店铺的灯光把街道照得亮堂堂的,很多小玩意儿都可以买得到。我和宝姐直奔地下美食城,每家店都是坐得满满的。

　　士林夜市的小吃多,一杯奶茶下肚,凉爽解渴又好喝。吃的东西很多,其实随意挑一家店就行了,想点什么点什么。我和小伙伴终于吃到了台湾偶像剧里常见的蚵仔煎,非常好吃,甜甜辣辣的,刺激我的味蕾,现在每次想到我都还会分泌口水。还有烤鱼、肉松鸡腿、士林大香肠,还有很多说不出名称的,总之让人眼花缭乱。遗憾的是,那杯奶茶喝下去,我和宝姐居然饱了,只能眼睁睁和众多小吃擦肩而过。还有之后想起来很有意思的是,为了知道蚵仔煎是不是有不同的手艺,我们还去了不同的店吃蚵仔煎,想想真是很可爱。之后我还和小伙伴们约了去西门町,那里的大店铺非常多,人多,很繁华,一个下午并不能逛完,之后我们也陆陆续续又去了几次。西门町也是购物的好地方,大部分想要的商品都可以买得到,如果需要高端点的商品需要去崇光百货、微风广场之类的大商场,还有些能在昇恒昌(免税店)买得到的,就不要在商场里买了,特别不划算。购物和美食是台湾之行不可少的,可以说在台湾的每一餐几乎都让我很享受,特别是台湾水果。我最喜欢的是一种叫释迦的水果,它之所以叫这个名字,可能是因为它的形状有点像释迦牟尼的头,虽然其貌不扬,但味道真是好得没话说,绵绵的、甜甜的,就像各种水果的综合体,吃起来也像甜果熬成的粥。夜市上还有红皮的香蕉、个大汁多的凤梨,还有完全不能错过的物美价廉的大芒果! 还有一直都很有名的台湾奶茶,听说以 50 岚为最好喝。来一杯珍珠奶茶,再配上一根大肉肠,味道好极了。每次我和宝姐两个人遇上奶茶就变成"小胃王",喝上半杯奶茶就会饱! 我很推荐欣叶 101 食艺轩,厨艺真的厉害,一口猪肝下去感觉自己吃到了鹅肝。虽然价格略高,但是很值。还有鼎泰丰，包子很好吃，排队的人尤其多。另外我还推荐九份山顶的芋圆，这芋圆你吃了以后会嫌弃以前吃过的所有芋圆，它尝起来软软糯糯，我完全被征服了。美食一下子也说不完，只要在台湾碰到美食，我们就都尝一遍，因此很有体会。

热情如火的西门町

从清静幽雅的阳明山，到繁华喧闹的西门町；从气派的台北故宫博物院，到价格亲民的夜市小吃；从热情好客的少数民族人，到彬彬有礼的绅士淑女……台北的每一个转角，都有惊喜在等着我们。趁着周末整天放假的日子，我们几个人去了稍微远点的地方。最初的打算是去花莲进行两天一夜的小旅行，据说在花莲，时间仿佛可以静止。我们可以在七星潭的海边发一下午的呆，也可以在太鲁阁里吸氧健步，可以在茵茵牧场里与小动物玩耍，也可以在松园别馆里闲适地喝咖啡。可是无奈火车票售罄，我们只好改计划，去宜兰。我们对宜兰没有事先做功课，所以刚开始也挺迷茫的，最终根据地图决定去苏澳海岸泡冷泉。我喜欢这种没有计划时反而带来满满的惊喜的感觉！在苏澳，风迎面吹过来，沁人心脾，凉凉的，把酷暑的炎热一点点带走。眼望着海水与天相接的地方，有一种说不出的舒畅，感觉自己的心变宽了，变得安静了。我和小伙伴们直冲向大海，投入大海怀抱！今年暑假终于有机会亲临梦境，对大海的喜爱油然而生。

最爱宜兰苏澳海岸

　　第二个周末我们去了九份，运气很不好的是刚到九份的山脚，就下起了暴雨，弄得我们措手不及。不过因祸得福，下了场雨凉快许多，而且让山间弥漫雾气，更加美丽了。九份主要的景观聚集在基山街，这是九份最热闹的街道。九份的怀旧气息还体现在许多美食上，例如芋圆、芋粿巧、豆腐乳、无铅土皮蛋等。九份是一定要来的，说不出原因，但是感觉真的很不错。据说九份的夜景也很漂亮，但是由于各种原因，我们只好先下山，无缘夜景。

　　三周的时间说长不长，说短不短，可以足够把在台北想去的地方去遍。台北比起台中、台南要繁华、高级很多，从楼房就可以看出来，台北的高楼大厦明显多很多，但是台中、台南的风景棒很多，本土气息更浓厚。环台的旅行我们只去了三天，只选取了几个地方，是有点遗憾的，不过带领我们的导游很热情。三天的行程中我最期待的还是去垦丁。虽说我已经去过苏澳海岸，但是垦丁的美丽也是与众不同的，《少年派的奇幻漂流》里，主人公最终重新开始美好生活的秀美海滩的取景地就在垦丁。这片宝岛之南的海滨，有来自太平洋的风，有碧蓝纯净的海滨风光，有坚持原创、鼓励个性的"春天呐喊"音乐节，有希腊

感觉很好的九份

的浪漫、夏威夷的热情,一切都忽隐忽现在文艺小清新的格调里。美中不足的是人多,大家拥挤着跳入海中,跟下饺子一样,还好垦丁的水上项目都超级棒。我们四位同学加上程老师,选了三个项目,很刺激,玩好以后意犹未尽,大家来垦丁千万不要错过。

有最好的旅行伙伴

当决定参加台湾的短期交流时,我只是只身一人,并没有约好小伙伴,当初也是说决定就决定了,也没多考虑什么。我来到台湾之后才找到同行的小伙伴,是一位超级好玩的学姐,我平时叫她宝姐,她都要步入大四了。年龄的差距并没有让我们产生多大的隔阂,我们就是"忘年交"!不得不说一趟旅程里缺少不了一群可爱的小伙伴。不管是决定去哪儿玩,还是决定吃什么,大家都很随意,也很有默契,最主要的是大家的性格都很相似。我觉得有句话十分贴切:世界这么大,多出去走走。每次出去旅行都有心变宽的感觉,不会总是拘泥于小事。每次和不同的人讲话都可以学会很多不同的做人处事方式。好多次和台湾林子钧学长聊天的时候,我们会讲一些大陆好玩的事儿,学长也会讲些自己身边发生的特别事,不得不说,学长在我们这趟旅程中是个不可或缺的角色。在送走他的那个晚上(他由于报名了一个台北大学去大陆的交流项目,提早走了),大家其实都很不舍。还有两位很好的带队老师——程老师和陈老师,两位虽说是辅导员,但是和我们交流就和同龄人一样,不会有很多代沟和隔阂的感觉。

这次交流旅行算是天时地利人和,开头愉悦,结局美满,期待下次的短期交流！每次都会有很棒的惊喜！

美丽垦丁的一处风景

忆台湾·遇见最美的你

杨　敏　（金融 134 班）

　　2015 年 7 月 6 日，我怀揣着期待而又紧张的心情踏上了为期三周的台湾交流之旅。记忆中，那一天台北的天气格外好，特别是从桃园机场出来时，蓝蓝的天空之清澈是我这种生活在污染较为严重的城市里的孩子很少见到的。这次交流的目的地是台北大学。台北大学的老师早早地在机场等待我们，见到我们便很热情地打招呼，让我第一次感受到了台湾人的热情好客。乘坐大

宽敞干净的马路——初至台湾

巴在台湾的公路上缓缓行驶，我才有了一种踏上这片土地的真实感。三周的旅程就此开始，我在这期间收获了知识、友情，还有台湾人的爱，我想这会是我一次永难忘怀的经历。

专业授课获益多

来到台湾的第二天，我们便开始了正式的上课。作为一名金融专业的大二学生，我已经掌握了一定的专业知识。在上课前我特别认真地看了我们的课程安排，对课程中安排的台湾大学生创新创业实例、台湾股票市场实务操作以及理财训练营等针对性较强的课程十分期待。第一天课程，为我们上课的是涂登才教授与林纬苏先生。这两位台湾老师的特别之处在于，他们虽然看起来年老，却都有一颗年轻、有爱的心。你上他们的课很难觉得压抑与无聊，因为他们讲课是富有感情的。涂登才教授一上课便向我们抛出一些重磅问题：你希望几岁退休？希望能有多少储蓄？算一下如果要达成目标，你每年需要储蓄多少？当时的我感到十分惊讶，自己从来没有考虑过这么长远的问题，略微斟酌之后，我给自己的答案是 55 岁，100 万元。也有同学给出了 1500万元等让我惊讶的数字。教授没有否定任何一个人的想法，借助这个大家讨论得很热烈的话题，他带领大家进入了如何理财这堂课。这堂课让我觉得别开生面，印象最深刻的是教授的一句话："理财在于创造自己被别人利用的价值。"我们大学生目前最重要的事情还是充实自己的技能，提高实践动手能力，这样以后才能更好更快地适应工作。

林纬苏先生是让我印象最深刻的一位老师，没有什么特别的原因，仅是因为他的善于表达和幽默风趣，我想这与他的保险职业经历息息相关。金融专业的学生未来的就业有以下几个大的方向：银行、证券公司、保险业。无论是哪一个，都离不开个人的言谈技巧。我们身边的风险包括人身与财务两个方面，林纬苏先生向我们举了食用黄色 4 号色素、瘦肉精、糖浆、毒淀粉、塑化剂等各种与我们密切相关的衣食住行中暗藏的风险。他在每个例子上都能讲到在他自己身上发生的大事小事，让我们有一种亲切感，而不是单纯死板地被动听课。由此我联想到，如果我以后从事保险行业，在向客户推销产品时，必定也要站在客户的角度，为客户量身打造产品，因为让客户感到格外舒心和放心是一个优秀的保险从业人员所需要的基本素质。当然，提到金融，离不开的就是股票，股票的高收益是建立在它高风险的基础之上的，在我们购买股票之前,我们需要做好许多功课。我们需要看看所投资企业股东持股比例的变动、过去五年的收益,并分析它的走势。说到这里,我就心生惭愧,作为一个大二的金融专业学生,我其实对于股票、期权等只是略懂皮毛,并没有扎实的理论基础和丰富的实践操作经验。在老师与同学侃侃而谈之时,我的心里就暗暗下定了决心,一定要去好好地了解这方面的知识。投资的风险管理很重要,我本身保守的投资心理使我不会将大量的财产投到这种高风险的领域中,扎实的知识基础可以使我更好地规避不必要的风险。林纬苏先生还提到了FATCA这个概念。FATCA 的追税对象包括美国公民、美国绿卡持有者和居住在美国加权平均天数超过一定天数的人,所以美国常住人群都应该给自己提个醒,财产申报完全了吗? 美国税收体制的繁复总会给人们造成很多困扰,一旦被追查,那么罚款也必将是一个巨大的数额。我们需要提高自我鉴别力,不要人云亦云,要多去关心生活中的小细节,为未来积累财富。

轻松的授课氛围

　　林育腾董事长给我们讲了许多创新创业成功的案例。例如,日本的熊本县原本是一个贫困之乡,但有人别出心裁地以熊本熊为原型设计了一个卡通形象。这个吉祥物迅速走红,赢得超级巨星般的知名度。每当熊本熊出现在公众场合,总能吸引粉丝拍照。这只可爱的吉祥物在日本的成功可与大受欢迎的凯蒂猫和米老鼠相提并论。熊本熊在社交媒体推特上已有数十万名追随者。据悉，推出后的短短两年内，熊本熊为连许多日本民众都没有印象的熊本县带来了数亿美元的经济效益，包括观光和产品销售。巨额的广告收入和绝佳的宣传效果使熊本熊成为一个备受关注的营销研究个案。台湾当地也有许多知名的创业家，如富士康的郭台铭先生、大润发的黄明瑞先生，这些都是我们值得借鉴和学习的前辈。

台湾中华理财教育协会理事卓必靖教授给我们清晰地讲述了各种延伸性商品的交易策略以及股指期货的交易理论策略，从中我了解了台湾期货市场的发展历程，并对股指期货等概念有了更清晰的认识。同时教授指出了大陆股指期货对证券市场的影响以及由于国际市场的影响而发生的利率下调等事件，让我对原本书本上的理论有了生动形象的理解。

我们前 10 天基本都是在课堂上学习，我十分喜欢台湾老师的授课方式，在大陆我们推崇学生追着老师学，但是在台湾，却是老师追着学生教。这里的老师就像朋友，学生上课可以吃东西，老师还会提醒学生慢慢吃，这在我来这里之前几乎是没遇到过的。老师课下还会请同学们吃饭，和同学们聊天，师生之间的关系很好，老师和学生互动很多，上课也很随意，老师会时不时走到学生中间，与学生交流讨论。

参观企业长见识

如果想要成为真正有能力的人，理论与实践缺一不可。在三周的行程中，我们荣幸地有机会去很多知名的专业机构参观学习。由于受台风影响，我们很可惜没有机会去日盛公司参与证券期货交易训练。我们的第一站是龙应台文化基金会，在此之前，我仅仅在电视中听到过基金会的名称，但对于其内部的操作流程、管理模式一概不知。在参访过程中，我发现这里不是我想象中的那种节奏十分快的"战场"，它更像是一个交流的平台和媒介。他们关心身边小事，关注国际大事，策划组织各种大型的公益讲座，向这个社会传递着满满的正能量，类似于一个公益组织。在这里我们可以畅所欲言，思想的碰击和融合使我感到兴奋。

在证券交易所里，老师们向我们介绍了上市的流程、结算交割制度，并重点提到了 ETF（交易型开放式指数基金）这个名词，这也是我们大三时候专业课上学到的一个重要知识点。ETF 是一种很特别的收益凭证，既是股票又是基金。同时我们还参观了期货业商业同业公会等机构，亲自在电脑上模拟操作，这使我积累了宝贵的经验。

台湾证券交易所

游览台湾心飞扬

每天下午下课后就是自由活动时间。来到宝岛台湾，我们当然不会错过任何时间去认识它，感受它，拥抱它。士林夜市是我的首选站。台湾的夜市文化可谓源远流长，夜市已成为台湾人生活的一部分。蚵仔煎、大肠包小肠、烧仙草、芋圆、红豆饼、木瓜牛奶……真是数不胜数！来台湾前，我原本计划把夜市的最具代表性的小吃都吃一遍，无奈台湾小吃实在太多了，吃不下了。

西门町的繁华让我沉醉，台北故宫博物院的深厚让我着迷，淡水渔人码头的惬意舒适让我仿佛处在仙境。我们感受到了台湾的平静和自然，台湾没有快节奏到让人觉得焦虑。

宝岛台湾永铭记

　　这次台湾之行对我来说真的是不虚此行。新的环境让我静心思考，让我想明白了自己到底想要什么样的生活。一起同行的小伙伴们都对台湾依依不舍，因为这片土地上的风土人情着实让我们感动和珍惜。我很幸运能够遇见你们，感谢所有帮助过我的老师和同学们，正是因为有你们和我一起，我的台湾之旅才更完美。台湾承载着我的回忆、留恋和梦想。如果有机会，我会再去台湾，让这片土地给予我更多的美好。

我们的青春，我们的台湾

遇见台北大学

姚诗华 （中美国贸 122 班）

大三暑假，也是我大学生涯里的最后一个暑假，我没有像大多数人那样选择专业实习，而是选择了参加学校去台北大学的暑期交流项目。我虽然从台湾回来已经有一段时间了，但是仍会想起在那边的学习与生活的点点滴滴，所有的事依然历历在目。从抵达桃园机场那一刻的忐忑，到离开台北的不舍，这三周已经让我对台北产生了太多的好感与感动。一座城市的魅力需要生活其中才能真正感受，这也是我此行需要去好好体会的。

在去台湾之前，我了解的台湾，是祖国美丽的宝岛。我了解的台北大学，历史悠久，以"追求真理，服务人群"为校训。该校的精神不但重视以客观方法钻研学问，而且强调学问与个人修养的结合，最后进至美善之境。

作为一名交流生，我怀着梦想走进这座象牙塔，感受它的温暖、热情与情怀；同时我向它展示我的母校，一个教会我思考的理工学院；同时，我也梦想自己和大家一起，搭建一座跨越两岸的桥梁。

课程学习

在台北大学的课程从到达台北的第二天开始，由涂教授的"理财训练营"和林先生的"认识风险"开始。轻松愉快的课堂气氛，直接打破了我们初来乍到的羞涩与尴尬，时间也在师生互动中不知不觉地过去了。以"理财规划的基本观念"为主题,涂教授介绍了"保本前先保值"和"节流、开源一起管理"的理财观念,让我们学习了如何以基金进行轻松理财规划,让我们培养记账的习惯,慎选理财工具,发挥时间的复利作用,养成定期定额投资的习惯,告诉我们三十到六十岁是累积财富的最好时期。我们还在课堂上各自交流了理财观念。他还教授了功能性账户的分配使用、人生不同阶段薪资用途分配建议、定期定额长期投资的优点。第一堂课,就让我领略到了台湾教授的魅力、不一样的课堂气氛,当然,还有同行的同学们的深藏不露。

与后期的课程相比,随后一天陈教授的"领导力通往世界"与"美好人生管理"大概是最贴近生活的课程了吧。陈教授细心地给我们讲了许许多多生活中的例子,教授了我们一门主题为"美满经济学"的课程,告诉我们美好的人生是管理出来的。人生如同经济,也需要一只看不见的手来管理,需要目标管理、时间管理、决策管理、优点管理。而关于国际企业领航力,以影响力通往世界,他提出了 VISION:V 代表清晰价值(zero 或者 hero);I 代表影响力(潘多拉的盒子);S 代表真诚内心(软实力的经验学习);I 代表洞察力(影响力的升级版);O 代表乐观之心(时钟滴答的影响力);N 代表领航未来(一杯奶昔的领航巧实力)。除此之外他还有对于"领导""影响""管理""历史"等词语的深度剖析。"领导":命令文书页页催,心中有道来做主;"影响":自然景致,乡野之音;"管理":房舍之下谁当官,方圆百里谁做王;"历史":不知过去,焉知未来,history=his story。

在这些天给我们上课的老师中,最让我感到敬佩的应该是卓教授了。卓教授的细腻绝不仅体现在授课中,还体现在课件中,他连课件也十分体贴地做成了我们易懂的简体字。卓教授的课程堪称期权策略的"天龙八部"。课程全方位地介绍了单/复式策略的灵活应用与风险管理。在课程的最开始,用一个简单通俗易懂的买房例子,他就把原本难以理解的期权的定义、特性及市场参与者讲得明明白白,为原本枯燥无味的专业知识平添了许多色彩。期权(options)是一种买卖双方约定的合约。买方支付一定金额(权利金),取得合约所约定的权利,合约的买方有权利,但无义务,在未来特定日(或之前),以约定价格买进或者卖出约定数量的商品或者证券,卖方收取权利金,但需于买方要求执行合约所约定的权利时履行义务。期权的市场参与者分为避险者(commercial hedgers)、投机者(speculators),以及做市商(即造市者,market makers)。

经过在台北大学这三周的交流学习,我最大的感想是,此次交流学习提升了我自身的专业学术知识,开拓了自我学习的机会;我完成了计划预定的课程学习,积累了课外专业知识;通过与台湾教授进行交流,我开阔了视野,增强了学习的信心与兴趣。学无止境,在台北大学的暑期交流,只是我在学习的万里长征道路上迈出的小小一步。

参观交流

除了在教室的课程学习,在台期间,我们还外出参观了许多的组织与机构,如龙应台文化基金会、证券交易所、期货业商业同业公会等。在课本知识的学习之余,各种参观交流就是对于课本知识的补充,我们可以实实在在地感受到书面知识在现实中的应用以及实务操作。

其中最让我印象深刻的当然是知名机构——龙应台文化基金会了。龙应台文化基金会由一群一向主张社会参与的文化人和企业家共同推动成立,是一个思想交流平台,主张敞开胸怀聆听,静下心思索,以理性、开放、尊重的态度,开启对话。基金会希望透过深度对话刺激年轻人思辨的能力,培养一代有眼光、有思想、有关怀的世界公民。企业家慷慨捐资,文化人义务担任董事,社会的正面力量在这里汇聚。

龙应台文化基金会的"思想地图"青年培训计划,鼓励青年人站上第一线,走出台湾,放胆追求,以观察公民社会发展为核心,找到有兴趣的社会课题,提出自我学习计划,赴其他地区进行观察与学习,展开作为一个世界公民的思想旅途。这天的外出交流是我最深切感受到台湾情怀的一次,龙应台文化基金会为培养世界公民所做的努力以及参与社会发展的情怀让我感触很深。而且该基金会只有四名专职工作人员,这也很不容易。

旅行意义

如果说交流学习纯粹只是学术性的交流,那未免就太狭隘了,因为学术交流仅仅是学习的一种,然而人文交流方面的学习,才真正是对于自我的升华。

在课程安排之余,我们利用空闲时间,逛了不少地方。士林夜市、通化夜市、宁夏夜市、师大夜市、饶河夜市、一中夜市、西门町、101大楼、台北故宫博物院、北投温泉、垦丁大街……每一个去过的地方,都满满地装着回忆,如果要细说,我可以滔滔不绝地聊上整整一个夜晚。

台湾诚品信义店

西门町的夜晚

　　说这么多是苍白无力的,这些美好,需要亲身融入才能真切感受。去台湾之前,我对于这个陌生的地方虽然充满了期待,但更多的还是忐忑不安。但是到了台湾之后,我感受到的只有轻松与热情。无论是在学校里,还是出去游玩,总是会不断地有各种热心人主动热情地帮助你。他们对你完全不会有所保留,一旦他们发现你需要帮助,就会尽可能地来帮助你。

　　到了台湾,说得最多的话是"谢谢"。无论是打车、购物,还是其他,一天下来少说也要说上十几遍。我并不会觉得这样很累,反倒是感受到了轻松与愉悦,是身心的轻松与愉悦。倒不是刻意做作地去学习别人说"谢谢",而是被这样一种文化所感染,情不自禁地融入其中。无论在哪里,无论遇到了什么样的情况,遇到的都是笑脸迎接和耐心对待。这让初来乍到的我们受宠若惊,这种礼貌消除了一切尴尬和隔阂。这样的人文环境,真的让我印象深刻。说实话,单凭这种人文环境,让我再去台湾几次,我也是不会嫌多的。

　　这次台湾之行真的很有意义。这之后,对我来说,提到台湾,便不再只是"宝岛台湾"那几个字,还会唤起我满满的回忆和念想。

难忘，台湾

章玉利 （金融 131 班）

台湾，一个过去只闻其名的地方，而现在，我踏上了这片神奇的土地。

三周的深度参访，让我融入了台北的街头小巷。台北很美，有高楼大厦的都市之美，也有礼貌和谐的人文之美。负责接待我们的老师和学长十分贴心，安排得尽善尽美。而我们也开始了探寻宝岛的旅程。

专业学习有温情

虽然身处台湾，但是学习也是我们的重中之重。涂教授为我们安排了合理的学习时间，早上 9 点到 12 点、下午 1 点到 4 点。多位颇有建树的学者和教授为我们授课，解答问题。老师们很注意教学方法和效果，林育腾董事长就让我们进行了时长 60 秒的自我介绍，教我们如何突出自己的优点与特长，让人牢牢记住我们的名字，在面试中占优势，占先机。在那个环节中，我才慢慢地发现了自己在语言表达方面的劣势，磕磕绊绊地说完自己的介绍后居然还剩了二十几秒的时间。我要在未来不断加强自己与人交流沟通的能力。

同时，他还让我们学校的一位学生进行了一份创业方案的报告，让我们自己提意见和解决方案。蛋糕 DIY 的 app 方案有一定的可行性，但是不确定因素很多，未来市场仍不可预测。大家积极发言，提出了很多建议和疑问。最后林先生评价说这个方案还是有一定的可行性的。在这次活动中我们直接了解了一份在学校获奖的创业报告的详细内容,我们抛开长篇累牍的内容,直接盯准预期收益、大概几年内回本、实施可能性等一些关键信息和数据,直接抓住核心。商人的最核心的要求就是赢利。

台北大学的创业团体也展示了他们的一个成功的案例,帮一位做咖啡生意的校友想创意。他们把咖啡与盆栽相结合,同时融入现在流行的环保、健康理念,迎合都市白领们的生活和心理需求,销售咖啡的同时赠送植物种子,咖啡杯就是现成的种植地,这成了新潮流。从他们的经验中,我觉得真正的好创意与成功不一定是创造出一个完全不同的新的东西,也可以是以前存在事物的特殊的结合,从而为人们提供不一样的感受。

课后,林董事长还带领我们去了附近的一家老餐馆请我们吃饭,给我们介绍他的学生生活。下午,他特地不上课,带着我们去参观松山文创园区。宏伟的建筑,外面还有流水潺潺的诗意,绿荫环绕。大楼里的设施很现代化,而商品都是以中华文化为底蕴进行创意和设计的,将博大精深的文明与现代化完美结合在一起。

台北文创——松山文创园区

文创馆

　　在陌生的环境中,台北大学老师的热情与关心让我们感到非常贴心。涂教授跟我们说话十分亲近、友善,一点架子都没有,让我们觉得宾至如归。跟涂教授的多次接触,更让我们发现越是德高望重的学者越是谦虚、不自满、与人为善。还有卓必靖教授、林育腾董事长、林纬苏先生、王建文先生、陈玉水先生、陈泽义教授等,他们授课十分尽心尽力,尽量用浅显的例子来教会我们关于股票等金融知识的内涵。而与我们朝夕相处的林子钧学长更是和我们嬉笑打闹,亲密无间。后来才得知他与我同龄,月份还比我小呢,但是他给人感觉明显比我们沉稳,做事井井有条,经常跟着教授们外出历练,说明我们也更加需要磨炼自己,使自己将来能更好地融入社会。而在我们即将离开台湾的最后两天,子钧已经跟着涂教授奔赴北京,开始一段新的经历了。

唯美食不可辜负

　　到达台湾的那个中午,我们就品尝到了著名的台湾便当的滋味,饱满的肉,荤素搭配,还有大份的饮料,都让我们这些"吃货"感到由衷的快乐。我们预想到在这里可以大快朵颐了,可以尽情享受美食,特别兴奋。第一天晚上,我们就去了士林夜市。那里非常热闹,人来人往,摩肩接踵,这就是夜市的魅力。我们慢慢行走其中,两边商品琳琅满目,吃的、喝的、玩的,应有尽有。当然,最吸引我们的就是美食了,如蚵仔煎、大肠包小肠等。一行人走走停停,分享着美食带来的愉悦。但是,在哪里都要做好被"坑"的准备。在夜市的街口处,有一家水果店,我们两人买了较少的水果却要800元新台币,但是在夜市已经买好了就只能自认倒霉了。因此我们后来就再也不在夜市买水果了。可是,在台北的日子,怎能没有水果相伴呢!我们住的校区后面就有水果摊,我们终于吃到了物美价廉的凤梨,一只超级大的凤梨只要80元新台币。后来,涂老师请客时,知道了我们在夜市的经历,他感到难以置信,对于这种"坑"观

台北 101 大楼晚餐

光客的行为是可以去投诉的。老师们随后就教我们如何应对这种情况,并保证只有在夜市才会有这种不良情况出现。

民以食为天。每天的活力从早饭开始。在前两天的探索之后,我们的早饭就固定在了一家距离宿舍区 20 米远的早餐店,火腿烧饼、煎饺、奶茶、萝卜糕、豆浆、蛋饼、铁板面等都是我们经常点的食物,超级好吃。每天的早饭都会带给我深深的愉悦感,好心情也是从早晨开始的。而友善的老板看我们如此青睐他家,就主动给了我们电话,我们就可以通过电话联系他们。同时,我发现在台湾,随时道谢是必不可少的。老板在给你食物的时候、找钱的时候、你临走的时候,都会说一声"谢谢"。耳濡目染,入乡随俗,在台期间,我们每天也习惯了真诚地说一声"谢谢",感觉这无意间就会拉近人与人之间的关系以及提升我们的素养。希望自己能将这种随时道谢的好习惯一直保持下去。

特别的经历

在台期间,我陪同学去了一趟医院,因为她还有最后一针狂犬疫苗没有打完,这确实是一个特别的经历。在出租车上,司机就热情地告诉我们台北医院的具体职能分区。一进医院大门,我们呆呆站了几秒,就有义工过来帮助我们。穿着温馨可爱护士服的护士给小伙伴做了测血压之类的详细检查,不得不感慨他们在各种检查中的细心。在医院里,我们认识了一位中年义工,我们相谈甚欢。

台北的出租车司机都很友善,这点我是感受颇深的。在参观华山文创园区的时候,我们先打的回寝室。到达后,司机师傅告诉我们因为我们站的位置不对,是单行道,所以他不得不绕了一圈,最后还给我们减了 20 元。当时真是太感动了,我在自己家附近都遇到过想要"坑"乘客的司机,而在他乡、陌生的街头却感受到了人情的温暖。我希望以后各地都能逐渐加强关于社会道德方面的素养教育,在将来让游客们感受到温情。在去内湖免税店时,我们选择了打的。在路上,年轻的司机师傅主动跟我们提及了他所属的台北大车队的一项活动,可以为大陆贵宾免费提供打的服务,这对于来"扫货"的大陆人来说很贴心呢。离开免税店时,店里的安保人员为我们提供叫车服务,还提供了一张纸,上面有时间和出租车车牌号,避免我们遗失东西在出租车内。不得不感慨台湾的人性化服务。

在去屈臣氏的路上,我和室友在一个转角遇到了一位阿姨。她很有礼貌地想请我们帮忙填写一份问卷调查，我以为就是在原地耽误一点时间而已就答应了。没想到她带着我们往她公司去了，就在不远处，但其实我的内心是拒绝的。阿姨很友好，很健谈。在目的地，我们填写了 200 道题的问卷，十分"怨念"，题目太多了。填完后，她就对我们的答案进行了分析，再进行单独谈话。此次问卷测试的就是个人的性格、能力及心理。我的结果是能力是 OK 的，但是过于在乎他人对自己的意见和看法，有老好人的感觉，这在以后会影响我的职业道路，而且我也不够自信。其实她的分析都是准确的，我也会时常反思自己。这次的经历很与众不同，很好玩，很刺激。

台湾的货币有点复杂，10 元、50 元、100 元、500 元、1000 元。因为和人民币不同，起初带给了我挺大的困扰，在便利店结账时还是店员帮我理清了总额。对于金融学子来说，还是有点丢脸的。但熟能生巧，经过这些天的生活，我已经能够熟练地使用新台币了。在台期间，我们看到标价后都会下意识地除以 5，粗略地换算成人民币。一群女生都惊呼自己的数学变好了。

随时的感悟

在台湾，便利店无处不在，每条街上至少有一家。店铺不大，但是商品琳琅满目，真是麻雀虽小，五脏俱全啊。便利店的一大优势就是可以兑换新台币。可以用银联卡直接刷，根据当天的汇率直接换成新台币，简单方便。而且某些店里使用浙江农村信用社的卡不用支付手续费。同时，便利店里面的食品常常有优惠活动，例如第二件半价之类的，正好满足我和室友的需求，真是物美价廉啊。

说到无处不在的便利店，我就不得不想起同样无处不在的屈臣氏和康是美。在台湾，这两家化妆品店也具有很典型的台湾特色。同样，店铺没有大陆的大，一般是两层，但是优惠的力度远超大陆。商品的标价也相对低一些，并且一般都有第二件半价或者买一送一之类令我们十分兴奋的活动，还有星期六再打 8.5 折的优惠。因此，同行的小伙伴们都兴奋极了，我和室友也是大买特买，台湾果然是适合我们的购物天堂啊。西门町是适合年轻人的商业中心，有很多适合我们的品牌，更令我们感慨的是在这里的品牌店购物，店员会送我们超多的礼物，感觉十分划算。我们深深地希望在不久的将来，类似的店在自己家乡能普及度更高，价格更加合适。

在台期间，我们多次乘坐捷运，发现了一个有趣的现象，人们在乘坐自动扶梯的时候会自动站到扶梯的右边，而把左边留给需要迅速走动的人们。这个默认的规矩很贴心，符合繁忙都市的实际情况。赶路的人们需要有这么一条应急通道，而我们也养成了这么一个站在一侧的好习惯，为他人着想，方便自己与他人。

环台三日游

旅程的最后是环台三日游，我们乘着大巴从台北奔赴台中，再到台南。热情的导游以前是位记者，也曾到过大陆，很贴心地照顾我们，为人十分风趣、幽默。在大巴上，有先进的设备，我们观看了影片《加勒比海盗》，还听了很多20世纪的老音乐，很有趣。车上还可以唱歌，当然我们很羞涩，不好意思唱。在旅途中，我们参观了酒厂，吃了酒味的棒冰，游了日月潭，看了湖光山色，参观了教堂。一路的风景，交融着历史情怀，带给我们不一样的感受和领悟。吃了著名的"阿嬷茶叶蛋"解馋，看到了萌萌的外国小男孩，让团里这群姐姐们心花怒放。另外有趣的是导游口中我们的学校名称一直是不同的，一会儿台北大学、宁波大学，一会儿浙江大学、宁波理工，重复的话语中他不断带给我们欢乐。

最令我印象深刻的就是垦丁。这充满着诗情画意的一方净土，让我们流连忘返。那海，是海天一线，蓝得让我们的心情都放晴了；那树，是浓浓郁郁，绿得神清气爽。站在高处俯视，美景尽收眼底，山、沙滩、海，还有头顶的云、蓝天，多么惊心动魄的美啊，至今深深印在我的脑海中。在那里，我们忘记了自己，忘记了烦恼，忘记了耀眼的阳光，满心满眼只有那片海。

垦丁的海

在那三天里，我们去看了猫鼻头、鹅銮鼻、鹿港小镇等景点，游走在大街小巷，感受着他乡的风情，品尝着独特的海边特产，浓郁的海风吹来了愉悦和欣喜，带走了陌生和彷徨。那一夜，在垦丁大街，饱餐一顿后，我们自由地漫步在商业街上，探寻着中意的小礼物。街上人来人往，热闹非凡。在集合的最后10分钟，我们得知阿猴城牛轧糖的地址，于是飞奔向目的地，在街道的尽头（集合地点的反方向），快速地购买了几袋牛轧糖，气喘吁吁地赶到了集合地点，还好不是最后到的。不过我们还是向导游表达了我们的歉意，这是基本的礼仪。

感悟人生

这次为期三周的短期交流，让我深刻地认识了宝岛台湾。它是那么美丽、文明。既有台北的都市文明，又包含了台南的生态文明，在这片土地上，繁华与安静共存，都市与旅游胜地并存。有点羡慕台湾人，在台北打拼得太累了，就可以奔赴天堂一般的垦丁、花莲，释放自己，重归自然。在台南，我们经过了一家咖啡店，与众不同。有一对兄弟包下了那片椰林，开了咖啡店，面前没有喧闹的海滩，没有熙熙攘攘的人群，安静、惬意、舒坦。有远道而来的台北的大老板们，专门开车来到这里，梳理思绪，享受人生，坐看云卷云舒。而我们作为金融专业的学生，在这里也学到了很多金融知识，如股票、期权、期货等，但是大陆的很多具体情况与台湾不同，所以要学会区分。台湾人的诚信、热情、友善、随时道谢都给了我很大的触动，我要向他们学习这些优点。

最美不过家乡。中国人讲究落叶归根，荣归故里。家乡是无法割除的爱。因此建设家乡，使之繁荣发达也将是我们这代人的梦想和责任。在台湾看到的先进之处，文明之处，希望自己的家乡能在不久的将来有所学习。

再见，台湾。有生之年，期待重逢。

后　记

　　读万卷书，行万里路——浙江大学宁波理工学院商学院暑期赴台北大学"当代金融理论与实务研习营"活动，在林建英、宋汉文、程亚亭、陈恩老师的带领下，在38位同学的积极配合下，顺利、圆满结束了。三周的集游、学、参观为一体的研习活动，让同学们收益颇丰。他们不仅开阔了视野，丰富了阅历，增长了知识，收获了友谊，同时也学到了世界前沿的专业知识，深刻体验到了金融行业运行的实务，感受到了台湾的风土人情与人文素质。

　　正如台北之行中访问的龙应台文化基金会董事长、著名诗人杨泽先生所言，"只有走出去，才能知道更多，青年人要接触外界，充实自己"。我相信，这次台北大学暑期研习的实践经历，将会启迪学生们更丰富的人生思考，帮助他们成长为一个更好的自己，也必将会成为他们跃上更高一级人生阶梯的开始。

　　"纸上得来终觉浅，绝知此事要躬行。"在三周的研习实践活动中，学院38位学生在实践中历练，在活动中成长，不仅收获了累累知识硕果，还体验了丰富多彩的民俗文化，表现出了浙江大学宁波理工学院学生的良好精神风貌和当代大学生勇于创新的精神，得到了台北大学各位老师和工作人员的认同和鼓励。相信此次经历定能成为他们日后宝贵、难忘的回忆。

　　两次暑期研习交流得到了学校、学院、宁波市台办及台北大学相关领导与老师的大力支持与配合，在此我谨代表学院向他们表示衷心的感谢。感谢宁波市台办交流联络处任义杰副处长、台北大学商学院蔡建雄教授和涂登才教授，以及为此次研习交流给予支持的台北大学老师们，同时还要特别感谢我们商学院原思政主管钱科娜老师（现已调往宁波市教育局）在前期为该项目的奉献，感谢那些默默支持该项目的学院老师们，谢谢你们为学院学生暑期交流活动所付出的积极努力与辛勤劳动！

海边留念

参访诚品生活

最后衷心希望浙江大学宁波理工学院商学院—台北大学商学院暑期研习交流活动越办越好，为培养具有国际视野、人文情怀、实践能力的学生做出更大贡献，为进一步加深两岸青年学生学习与交流做出更大贡献。

樊丽淑

2015 年 12 月

图书在版编目(CIP)数据

盛夏·流年·收获:宝岛台湾游学记 / 樊丽淑等编.—杭州:浙江大学出版社,2017.7

ISBN 978-7-308-17059-8

Ⅰ.①盛… Ⅱ.①樊… Ⅲ.①散文集—中国—当代 Ⅳ.①I267

中国版本图书馆 CIP 数据核字(2017)第 170276 号

盛夏·流年·收获——宝岛台湾游学记

樊丽淑 傅晓宇 林建英 陈恩 宋汉文 程亚亭 编

策 划	张 琛
责任编辑	杨利军
文字编辑	董 唯
责任校对	丁沛岚 陈思佳
封面设计	项梦怡
出版发行	浙江大学出版社
	(杭州市天目山路 148 号 邮政编码 310007)
	(网址:http://www.zjupress.com)
排 版	杭州林智广告有限公司
印 刷	杭州日报报业集团盛元印务有限公司
开 本	710mm×1000mm 1/16
印 张	13.25
字 数	231 千
版 印 次	2017 年 7 月第 1 版 2017 年 7 月第 1 次印刷
书 号	ISBN 978-7-308-17059-8
定 价	39.00 元